KB265665

올빼미

올빼미

올빼미

원재길

마음산책

올빼미

1판 1쇄 인쇄 2003년 2월 5일
1판 1쇄 발행 2003년 2월 10일

지은이 | 원재길
펴낸이 | 정은숙
펴낸곳 | 마음산책

편집 | 유병수 · 고은희   디자인 | 이지윤
영업 | 공태훈   관리 | 동미옥
등록 | 2000년 7월 28일(제13 - 653호)
주소 | 서울시 서대문구 충정로 3가 270 (우 120 - 840)
전화 | 362 - 1452 ~ 4 팩스 | 362 - 1455
홈페이지 | http://www.maumsan.com
전자우편 | maum@maumsan.com

종이 공급 | 화인페이퍼
인쇄 | 한영문화사
제본 | 정민제본

ⓒ 2003, 원재길

ISBN 89 - 89351 - 36 - 7 03810

* 책값은 뒤표지에 있습니다.

지금 시각은 새벽 네 시 반. 봄날 밤 공기는 꽤나 서늘하다.

곧 동이 트기 시작할 것이니 올빼미도 이젠 자야 한다. 푹 자자.

나는 올빼미족입니다. 낮엔 온종일 하품하며 빈둥대다가 땅거미가 내리면 갑자기 두 눈에 불을 켜고 활개 치는 사람이지요. 소설가이자 시인인 올빼미족은 도대체 어떤 곡식을 먹고 무슨 생각을 하고 어디를 여행하며 취미가 무언지 네 계절에 걸쳐 보여주자는 게 이 책을 쓴 동기입니다.

간혹 낮에 쓴 대목이 들어 있지만, 간단히 메모해 두었다가 밤에 마무리한 것이니까 이 책의 모든 글은 밤에 만들어졌다고 말할 수 있겠습니다. 물론 지금 이 글을 쓰는 시간도 산골짜기처럼 한없이 깊고 고요한 밤입니다. 모두들 편안히 잘 주무시고 계시는지!

요즘 나는 붙박이로 살아온 고향 서울을 떠나서 강원도 원주에 터를 잡고, 충청북도 충주 한갓진 마을의 작업실과 원주를 오가며 느긋하고 한가로이 지내고 있습니다. 봄과 여름엔 교통수단으로 자전거를 많이 타고 다녔고, 가을부터는 자동차를 이용하고 있습

니다. 백 리에 이르는 꼬불꼬불한 길을 달리며 하루하루 들판 경치가 미세하게 바뀌는 걸 관찰하는 일이 자연스럽게 커다란 즐거움이 되었습니다.

티브이가 없는 작업실에서 지낼 때 가끔 적적함을 달래려고 라디오를 듣습니다. 한밤중에 산짐승이 개울물을 먹으려고 내려와서 마당을 지나가곤 하는데, 처음엔 발소리와 나뭇가지 스치는 소리가 적잖이 신경 쓰이면서 오싹한 느낌이 들 때도 있었지요. 그러나 지금은 빙긋 웃으며 창을 열고 어느 녀석인지 내다볼 정도가 되었습니다.

글 쓰고 정리하는 중에 틈틈이 카메라를 들고 글 내용과 잘 어울리는 풍경을 찾아 돌아다녔습니다. 불현듯 머리 속을 스치는 풍경이 있어서 사진 한 컷을 얻고자 바다를 다녀온 적도 있고 충주호의 외진 마을도 숱하게 헤맸습니다. 이번에 사진을 찍으며 생전 처음

취해 본 자세가 한둘이 아니어서, 사진과 요가의 관계에 대해 성찰하는 기회를 덤으로 얻었습니다. 서투른 솜씨로나마 오백 장 남짓 찍은 사진 가운데 일부를 골라서 책에 넣었고 삽화도 몇 장 그려보았습니다.

　이 책을 통해서 여러분 모두 한 사람의 올빼미 글쟁이가 지금껏 살아왔으며 앞으로 살아갈 다채로운 공간을 두루 엿보는 기쁨을 누리시기를, 그리하여 여러분의 밤 시간이 한층 알차고 풍성해지기를 바라 마지않습니다.

원재길

차례

여름

가을

겨울

봄

나는 결국 섬에 못 가보고

이번 여행을 마쳤다.

그러나 전혀 소득이 없었던 건 아니어서,

바다뿐 아니라 사람의 가슴 한복판에도

섬이 있음을 절감했다.

【 올빼미 생활의 즐거움 】

나는 주로 밤에 작업을 한다. 새벽 네댓 시에 조간을 읽고 잠자리에 들어서 한낮에야 일어난다. 이런 올빼미 생활은 좋은 점도 있고 나쁜 점도 있다.

가장 좋은 점은 주위가 더없이 조용해서 글에 집중이 잘된다는 것이다. 들리는 건 벽시계 초침 소리뿐이다. 이따금 취객들이 떠들며 지나가지만, 가끔 노래를 잘 부르는 취객이 있어서 그럭저럭 들어줄 만하다. 등기 우편물을 나르는 우체부와 여호와의 증인과 잡상인들도 이 시간엔 모두 잔다. 낮에 종일 다리품을 팔아서 고단할 테니 그들이 별안간 잠에서 깨어나서 나를 찾아올 확률은 제로이다.

이 시간엔 전화도 오지 않는다. 대부분의 사람이 잠든 시간에 깨어 있다는 사실 자체로도 기분이 썩 괜찮다. 모두 두 다리 뻗고 푹 잘 수 있도록 야경꾼이 되어 그들을 지켜주고 있다는 뿌듯한 느낌마저 있다. 역사는 밤에 이루어진다고 했는데 그게 맞는 얘기인지는 알 수 없다. 대부분의 아이가 밤에 만들어지는 건 사실이지만, 어쨌든 내가 펴내는 모든 책의 글은 밤에 만들어진다.

물론 이 시간에도 열심히 일하는 이들이 있을 것이다. 24시간 편의점 직원들, 고속도로에서 싱싱한 채소와 고기를 나르는 트럭 기사들, 라디오 심야방송 제작진, 의류 도매시장 상인들, 벼락치기 공부하는 수험생들, 별을 연구하는 학자들, 달나라에 가서 토끼를 만나보는 게 평생 꿈인 몽상가들, 금고를 노리는 도둑들, 금고를 지키는 경비원들.

분명히 이 동네 도둑들은 나를 순경 이상으로 두려워할 것이다. 밤새도록 불을 켜놓고 일을 하고 있으니 우리 집은 물론이고 옆집도 감히 털 엄두를 못 낸다. 약간 수상한 소리만 들려도 나는 자리를 떠서 창문을 드르륵 연다. 동네 쥐와 동네 고양이들도 나를 무서워한다. 쓰레기통을 뒤지다가, "네 이놈!" 하고 소리치면 '어머나, 또 저 아저씨네?' 하고 당황한 얼굴로 부리나케 달아난다.

여담이지만 도둑들의 성미를 건드린 결과 한번 톡톡히 대가를 치렀다. 그들은 이를 갈며 기회를 엿보다가 내가 가족들과 함께 1박 2일로 대구 동서 집에 다녀오는 사이에 우리 집을 습격했다. 그들이 남긴 흔적은 정말 볼 만했다.

모든 가구가 모로 쓰러져 누웠고(가구 공장을 하다가 망해서 도둑이 된 자였나?), 책이 모조리 방바닥에 떨어져 뒹굴고 있었고(독서를 즐기는 도둑?), 서랍이란 서랍은 모두 원래 있던 자리를

충주 작업실 책상.
정면에 보이는 창밖으로
논이 펼쳐져 있고
그 너머에 민가가
옹기종기 모여 있다.
밤에 일하다가 한두 번은
꼭 앞마당 잔디밭에 나가본다.
별들의 잔치를 감상하고
몸속 수분을 덜어내기 위해서.

떠나서 뒤집혀 있었다. 여유 있게 담배도 한 대 피우다가 거실 바닥에 놓고 장판에 구멍 나게 발로 짓이겨놓았다. 결혼반지까지 돈이 될 만한 건 다 가져갔다. 이해할 수 없는 일이 하나 있긴 했다. 십 원짜리도 돈인 게 분명한데 이것만은 고스란히 남아 있었다.

그렇다면 밤에 글 쓰는 것이 나쁜 점으로는 어떤 게 있을까? 먼저 다른 사람에 비해 햇볕을 쬐는 시간이 적다는 걸 들 수 있다. 일조량은 사람의 몸 상태를 크게 좌우한다는 게 정설이다. 햇볕을 많이 쬐느냐 적게 쬐느냐에 따라서 건강을 조절하는 몸속 효소가 영향을 받는다는 것이다.

파리에서 테제베로 두 시간 걸리는 곳에 도버 해협 가까이 아름다운 도시 렌이 있다. 그곳에서 콧수염이 멋진 오팔 년생 프랑스 의사 집에 저녁 초대를 받은 적이 있다. 우리나라에선 세상에 태어난 해를 열두 동물의 띠 가운데 하나로 부르며 당신은 개띠에 해당한다고 말해 주었더니, 그는 몹시 기뻐하면서 순진한 개 같은 표정을 지었다.

의사답게 그는 유럽 사람들의 높은 자살률이 날씨와 밀접한 관계가 있다며 여러 수치를 들어 보였다. 안개 끼는 날이 많은 영국, 뻔질나게 가랑비를 뿌리는 프랑스, 역시 해를 볼 수 있는 시간이 극히 적은 스칸디나비아 반도. 여러 나라를 쭉 읊어대더니 구름이 잔뜩 긴 렌의 겨울 하늘을 올려다보고 콧수염 끝을 말아 올리며 매우 우울한 표정을 지었다.

이따금 나는 기분이 느닷없이 축 처지는 걸 느낀다. 그럴 땐 베란다로 나가서 잠자코 해바라기를 하거나 집을 나서 어슬렁어슬렁 동네를 돈다. 그러면 곧 몸과 마음에 생기가 가득 들어차는 게 느껴진다. 콧노래가 절로 나오면서, '내가 날씨에 따라 변할 사람 같소?' 라는 이강백(그와 더불어 이태백 일당처럼 한가로이 놀던 서울 명일동 시절이 스쳐간다!)이 쓴 희곡 제목을 떠올리며 미소 짓는 순간이다. '그래, 햇살이 나를 변하게 만들었다 어쩔래!' 하고 속으로 외치면서.

또 하나 안 좋은 점은 오전 약속을 지킬 수 없다는 것이다. 가령 오전 열 시나 열한 시에 약속이 있는 날은 전날 밤 완전히 잠을 설친다. 지난 삼월 초에 안성에 갈 일이 있었다. 아무리 늦어도 아침 여덟 시 반엔 출발해야 했다. 그래서 자정에 잠자리에 들었는데 도무지 잠이 나를 반겨주질 않았다.

새벽 두 시쯤에 이불을 박차고 일어나서 거실로 나가 한참 멍하니 앉아 있었다. 삼분의 일쯤 양주가 남은 술병이 눈에 들어왔다. 그걸 컵에 마지막 한 방울까지 따라서 단숨에 벌컥벌컥 마셨다. 식도에 화상을 입은 채 다시 방으로 들어가서 누웠다. 그러나 잠은 여전히 나를 외면했고, 시간은 세 시 네 시 다섯 시를 넘어갔다. 그리고 마침내 밖이 훤해졌다.

거울을 보니 얼굴이 엉망이었다. 정신이 어질어질하고 눈앞이 흐려서 도저히 운전대를 잡을 자신이 없었다. 게다가 밖엔 눈까지 펄펄 날리고 있었다. 결국 나는 그날 나의 친구가 누워 있는 안성 공원묘지에 가지 못했다. 그에게 용서를 구하고 오전 열 시가 넘어서 녹초가 되어 곯아떨어졌다.

나는 일 년에 두 달 남짓한 시간을 여행지에서 보낸다. 여행 중엔 오전 약속도 없고 밤에 글 쓰는 일도 없다. 그때만큼은 남들이 자는 시간에 자고 남들이 일어날 때 일어난다. 일찍 자고 일찍 일어나는 새 나라의 착한 어린이가 되는 것이다.

여행 다닐 때마다 느끼는 건 시골 사람들이 의외로 잠이 많다는 사실이다. 내 친구 박성학 시인은 강릉시 왕산면 산속에 사는데, 그의 집에 놀러 갈 경우엔 나도 덩달아 잠보가 된다. 해가 떨어지기 무섭게 그는 잠자리에 든다. 왜 이렇게 일찍 자냐고 물으

면, 딱히 할 일이 없지 않느냐며 입이 찢어지게 하품하곤 이불을
끌어서 뒤집어쓴다. 실제로 그의 입엔 양쪽으로 허옇게 찢어진
자국이 있다.

자고 또 자도 산골의 밤은 좀처럼 끝을 볼 줄 모른다. 아침에도
그 친구는 나보다 두어 시간 더 잔 뒤에 일어난다. 대충 하루의
절반을 자는 것 같다. 윗집 아랫집 또한 해가 중천에 뜬 뒤에야
꼼지락거리는 소리를 낸다. 윗집엔 화가 내외가 사는데, 내 친구
뺨칠 정도로 많이 잔다. 하루에 깨어 있는 시간이 손바닥 복판에
올려놓은 좁쌀만큼도 안 된다. 서울에서 오래 살다가 왔다고 한
다. 아마도 남의 눈치를 안 보고 한번 원 없이 자보자는 생각에
그리로 잠자리를 옮긴 게 아닌가 여겨진다.

여행에서 돌아오면 그날로 나는 다시 올빼미가 된다. 이 생활
을 하도 오래 하다 보니 내가 오전엔 잠을 잔다는 걸 알 만한 사
람은 다 안다. 그래서 오전에 전화를 걸어오거나 내게 오전 약속
을 제의하는 이는 거의 없다. 전화는 대부분 오후 한 시가 넘어서
걸려온다. 그럴 때도 내가 목이 잠긴 소리를 내면, 잠자는 호랑이
코털을 잘못 건드리고 놀란 사람처럼 "이런! 아직 주무시는 걸 깨
웠나 보네요!" 하고 쩔쩔맨다.

올빼미 생활의 좋은 점 하나를 빼먹을 뻔했다. 그것은 저녁때
술자리에서 끄덕끄덕 조는 일이 드물다는 것이다. 가령 시간이
밤 열한 시쯤 되었다고 할 때, 그 시각은 나의 시간으로는 저녁
여섯 시밖에 안 된다. 저녁 여섯 시에 졸릴 까닭이 있겠는가?

또 다른 친구인 소설가 성석제는 술을 좀 마셨다 하면 병든 닭

처럼 존다. 어느 날은 인사동 〈실내악〉에서 의자를 몇 개 잇대어
놓고 그 위에 누웠다. 안경을 벗고 양말까지 벗어서 잘 개어놓은
채였다. 그는 그때부터 무려 다섯 시간을 잤다. 약간 모자라긴
해도 어지간히 잠을 잔 것이다. 그는 "오잉?" 하고 눈을 치뜨며
여전히 술을 마시고 앉아 있는 나를 신기하다는 얼굴로 쳐다보
았다.

일찍 자고 이렇게 일찍 잠에서 깨어났으니, 앞으로 창창하게
남은 하루를 어떻게 보낼지 걱정되면서 그가 불쌍하다는 느낌이
들었다. 그 친구는 남들 다 자는 시간에 안 자고 앉아 있는 내가
불쌍하게 여겨졌을지 모르지만.

지금 시각은 새벽 네 시 반. 봄날 밤 공기가 꽤나 서늘하다. 곧
동이 트기 시작할 것이니 올빼미도 이젠 자야 한다. 푹 자자.

【 근육의 위대한 기억력 】

아내가 베개를 사왔다. 형상 기억 섬유로 만든 베개란다. 눈처럼 뽀얀 것이 잘 치대서 냉동실에 넣었다가 꺼낸 납작한 아이스크림 덩어리 같다. 불룩 올라온 쪽을 뒷목에 대고 누우니 머리를 생긴 모양대로 품어준다. 목을 떼자마자 스르르 원상으로 돌아간다. 코 고는 걸 줄여주고 깊이 잠들게 해준다니 보통 베개가 아니다.

하긴 우리 몸에도 형상 기억 물질이 있다고 들었다. 꾸불꾸불한 산길을 달리는 버스를 보라. 코너를 돌 때마다 기사는 운전대를 쥔 두 손과 어깨와 가슴 전체를 좌우로 부드럽게 움직인다. 매 순간 두뇌에서 판단을 내려서 몸을 이렇게도 움직이고 저렇게도 움직이도록 일일이 지시를 내리는 게 아니다. 수많은 날 그 길을 오가는 중에 근육에 기억력이 생긴 결과, 다른 생각에 빠져 있거나 콧노래를 흥얼거릴 때에도 몸이 기계처럼 저절로 움직이게 된 것이다.

내가 운동에 각별히 신경 쓴 지 올해로 십삼 년이 되었다. 학교를 마치고 직장 생활 하다가 글 쓰는 일에 전념하기로 마음먹고 회사를 그만둔 뒤에, 늘 집에 박혀서 지내다 보니 일 년 사이에 체중이 무려 이십 킬로그램 늘었다. 맞는 옷이 하나도 없었고 거울에 누드를 비쳐볼 때마다 절망감이 밀려왔다.

용기를 내서 어느 날 동네 체육관을 찾았다. 친절하고 박식하며 겸손한 동시에 엄격한 관장(우람한 외모와 어울리지 않게 고전 무용을 잘할 것 같은 최송희라는 여자 이름을 지닌 분이다)을 만난 덕에 곧 운동에 재미가 붙었다. 반년쯤 지나자 군살이 대거 사라지면서 전에 못 보던 근육이 생겨났다. 매사에 자신감이 생겼고, 장롱에 처박았던 옷도 다시 꺼내서 입었다.

그러나 자만심은 반드시 화를 부른다고 했다. 운동에 게으름을 피우자 몸은 순식간에 다시 지방질로 돌아갔다. 아뿔싸, 근육뿐 아니라 지방에도 기억력이 있음을 미처 몰랐던 것이다!

일에 쫓길 때는 한두 달 거르기도 했지만, 지난 십여 년 나름대로 열심히 운동하며 살아왔다. 요즘 내 몸은 여느 때보다 격렬한 지방과 근육의 투쟁의 장이 돼 있다. 가장 큰 요인은 대도시를 떠나서 주위에 아는 사람이 전혀 없는 한적하고 여유로운 곳으로 이사를 왔다는 사실이다. 누구를 만나서 늦도록 술 마실 일이 없으니 술병으로 고생할 일도 없다. 술병을 앓아본 사람은 알겠지만, 한나절 이불 뒤집어쓰고 끙끙대노라면 체중 이삼 킬로쯤은 간단히 빠져 나간다.

원주가 낳은
불세출의 복서 흉상.
비가 오나 눈이 오나
바람이 부나
늘 그 자리에 두 눈 홉뜨고
주먹을 불끈 쥐고 서 있다.
그래서 가끔 이 사나이가
불쌍해진다.
일 년에 한두 달쯤은
옆으로 누여
푹 쉬게 해주면 좋으련만.

우리 가족이 새로 터를 잡은 곳은 우리나라에서 고기가 맛있기로 이름난 지방이다. 어디서 어떤 고기를 먹어도 혀에 착착 달라붙는다. 우리 세 식구는 릴레이 경주하듯이 온갖 고기를 돌아가며 매일같이 먹었다. 이사 온 지 얼마 안 되어서 모두 얼굴이 보름달로 변했다.

가족회의가 열렸다.

"달이란 때가 되면 이지러지는 것이 자연의 법칙인데, 계속 보름달 같은 얼굴로 살 수는 없지 않겠습니까?"

고기가 도마에 올랐다. 아내가 말했다.

"당분간 고기를 덜 먹읍시다!"

아무 대꾸가 없는 걸로 보아서 딸아이는 엄마의 뜻에 따르는 듯했다. 나는 다른 의견을 밝혔다.

"원래 나는 고기 체질입니다. 고기를 안 먹으면 어지럼증이 일어서 아무 일도 못합니다. 가끔 내 방에서 혼자 조용히 구워 먹겠습니다. 그리고 이전보다 운동에 더욱 힘쓰겠습니다."

올해 들어와서 일지를 만들었다. 달력에다가 그날그날 운동한 내용과 몸무게를 적었다. 지금껏 처음에 계획했던 대로 잘 실천해 오고 있다. 오늘도 새벽에 동네를 뛰었다. 일주일에 달리는 거리는 마라톤 풀코스에 이른다. 달리기로 좀 부족하다 싶을 땐 곧이어 뒷동산에 올라 삼십 분을 빠르게 걷고, 큰길가로 나와서 또 그만큼 걷는다.

다른 올빼미족 동지들한테도 새벽에 일을 마치고 잠들기 전에 운동할 것을 권한다. 쏟아질 듯한 별을 올려다보며 우주의 안녕에 대해서 생각할 짬이 주어지며, 긴 하루를 앞두고 있으니 시간에 관한 한 부자가 된 느낌을 맛볼 수 있다. 그리고 맛있는 아침 식사를 보장해 준다. 운동을 마치고 귀가하여 샤워를 하고 나서 치악산 위로 막 떠오르는 해를 바라볼 때의 느낌은 정현종 시「집을 찾아서」에 나오듯이 비타민을 꿀꺽 삼키는 느낌에 버금가거나 그 이상이다.

빙판 때문에 겨우내 자전거 타기를 미루었다. 날이 좀더 풀리면 다시 자전거를 탈 것이고, 겨울에 열 번 오른 뒤에 얼음이 녹으면서 길이 질척거려 내처 쉬었던 치악산 등반도 재개할 생각이다. 나태해질 때마다 느닷없이 각성을 안겨서 생기를 되찾게 만들어주니 한마디 찬사가 빠질 수 없다.

근육의 위대한 기억력이여, 모든 형상 기억 물질의 원형이시여! 올 봄엔 초목뿐 아니라 온 인류의 몸에서 푸릇하고 싱싱한 기운을 활짝 피워 올리시라!

【 서울 보들레르 】

　어젯밤 꿈에서 그를 만났다. 대중목욕탕 탈의실로 들어서니 위아래로 백옥처럼 흰 옷을 입은 모습으로 나를 보고 활짝 웃었다. 온몸에 눈부신 햇살을 받고 있어서 제대로 눈을 뜨고 바라보기 어려웠다.

　잠시 뒤에 뜨거운 김이 뿌옇게 오르는 욕조 옆에 나란히 앉아 서로 안부를 주고받았다. 그는 여전히 흰 옷을 입은 채였다. 이전 꿈에서처럼 그는 자신이 죽은 게 아니라 무슨 일로 어디 멀리 갔다가 돌아온 것임을 거듭해서 밝혔다. 세상을 뜰 때보다 예닐곱 살은 어려 보였고, 대학 새내기 같은 티없이 맑은 얼굴이었다.

　꽃샘추위가 닥친 봄날 새벽에 기형도 시인이 저 세상 사람이 된 지 어느덧 십여 년 세월이 흘렀다. 모든 사람이 그만한 세월만큼 늙었고, 그의 부친을 비롯하여 주위 사람 여럿이 세상을 등졌다. 그러나 지금도 내 기억 속에서 그는 늘 풋풋한 젊은이 모습을 간직하고 있다.

생전의 그는 세심하고 성실하고 감정이 풍부한 사람이었다. 다른 사람에 대한 배려가 깊어서 괜히 누구를 괴롭히는 일이 드물었으며, 늦도록 술을 마셔도 평정심을 잃지 않았다. 얼굴이 심하게 붓는 걸 꺼려서 술을 많이 들진 않았지만 술자리에 앉아 있기를 좋아했다. 특히 문학 얘기라면 소매를 걷어붙이고 바짝 다가앉아 눈을 반짝이며 매우 즐거워했다.

일요일엔 밖에 나다니는 일이 거의 없었다. 밭 일구고 가축을 치는 어머니 일을 도왔던 걸로 여겨진다. 집에서 기르는 새끼 돼지들한테 예방 주사를 놓았다면서, 주사기 바늘이 뼈에 닿는 순간 손목으로 전해지던 느낌을 들려주곤 과장된 몸짓으로 진저리치며 웃던 모습이 떠오른다.

집안일 돌볼 거 다 돌보고 친구들과 놀 거 다 놀면서도 학교 땐과 수석을 놓친 적이 없었다. 시간과 생활을 관리하는 능력이 뛰어나다는 얘기였다. 그의 전 학년 성적표를 보면 체육과 교련에서 B학점을 두어 번 받은 걸 빼고 모조리 A이다.

시험 기간을 앞뒤로 해서 친구들은 도무지 그의 얼굴을 볼 수 없었다. 공부 못하는 친구들은 속으로 절반쯤은 그를 부러워했고 나머지 절반은 그를 나무랐다.

"비겁한 놈, 혼자서만 공부 잘하다니!"

어디 공부뿐인가. 스케치 솜씨가 대단했으며, 당장 가수로 나가도 밥 먹는 데 지장이 없을 만큼 노래를 잘했다. '처용' '그때 우린 행복했나' 같은 제목으로 직접 작곡한 노래를 선보일 때도 있었다. 언제나 레퍼토리가 차고 넘쳤다. 스무 살 여름에 서부역에서 기차를 타고 충남 대천 바닷가로 놀러 갔을 땐, 아는 사람이 매니저로 있다고 들은 〈진정 난 몰랐었네〉(최병걸이 부른 그 시절 최고 히트곡 제목이기도 하다)라는 술집을 찾다가 실패하고 들어간 민박집 평상에서 혼자 서너 시간 쉬지 않고 노래를 불렀다.

명랑하고 쾌활하고 유머 감각이 뛰어난 이 친구가 시에서만은 줄곧 도저한 비극으로 치달았다. 언제던가 여의도에서 우연히 만나 같이 택시를 타고 광화문으로 간 일이 있다. 달리는 택시 속에서 그 즈음 각자 발표한 시에 관해 이야기를 나누던 중에 그가 불쑥 물었다.

"내 시의 스승은 누구라고 생각해?"

내가 머뭇거리자 그 스스로 대답했다.

"보들레르."

잿빛 건물들 위로 구름이 낮게 내린 겨울날 저녁, 그때 우리가 탄 택시는 꼭 일 년이 지나 그의 빈소가 차려질 서대문 적십자 병원 앞길을 달리고 있었다.

그의 말마따나, 보들레르가 파리의 우울을 노래했다면 그는 서울의 우울을 노래한 시인이었다. 이십대 초반엔 가족사를 많이 읊었다. 신문 기자로 활동하기 시작하면서 이 사회에서 소외된 사람들에 대한 관심이 깊어갔다. 세상을 뜨기 전엔 자신의 내면을 돌아보는 시편을 집중해서 썼다.

사후에 발견된 일기체 기록에 의하면 청년 시절 내내 그는 건강 문제로 시달렸다. 백혈병 초기 증상을 앓았고 한쪽 고막이 회복 불능으로 망가졌다. 그리고 결국 생명을 앗아가기에 이른 고혈압을 앓았다. 그런데 친구들 앞에선 그런 얘기를 입에 올리지 않았다. 병에 걸렸을 땐 자랑하고 다니라는 말이 있거늘!

이런 침묵 또한 다른 사람들에게 걱정을 끼치지 않으려는 그의 심성에서 비롯된 걸로 여겨진다. 사람도 아깝고, 그런 사람 하나가 만들어지기까지 흘러간 세월도 아깝다.

【 약수터를 찾아가는 여행 】

가까운 친척 한 분은 이 세상에 술보다 좋은 약수는 없다고 강력히 주장한다. 몸이 술을 원하는 건 살아가는 데 꼭 필요한 성분이 술 속에 들어 있으며, 지금 그 성분이 몸에 부족하기 때문이란다. 허구한 날 술을 마시는데도 그런 성분이 결핍될 수 있느냐고 묻자 잠시 멈칫하더니 엉뚱한 답변을 던졌다.

"어쨌든 나는 술만 마셨다 하면 금방 기운이 샘솟고 생활에 활력이 생겨!"

뒤이어 술이 다이어트에 좋다는 주장을 덧붙였다. 이십 년 전이나 지금이나 몸무게에 전혀 변화가 없는데 이게 다 술 덕택이라는 것이다. 내 눈엔 모든 근육이 뱃살로 이동한 걸로 보인다. 올챙이배가 된 요즘도 그는 온종일 술에 절어 살고 있다. 하루에 소주 세 병.

팔십 년대 말에 박정만 시인이 술병 나서 영등포 병원에 입원

했을 때 문병을 간 적이 있다.

"이러다가 죽는 거 아닌지 모르겠어."

그는 몹시 불안해하는 얼굴로 떨리는 목소리를 냈다. 오랜 세월 술을 물 마시듯하며 살아온 사람이 그처럼 약한 모습을 보이는 것이 영 안쓰러웠다. 햇살이 쏟아져 들어오는 창 쪽을 돌아보며 그는 조바심 난 듯 줄곧 두 손을 맞비볐다. 크고 두꺼운 손이었다. 손목 두께가 내 곱절은 돼 보였다.

동행이 그 동안 술을 얼마나 드셨느냐고 그에게 물었다. 그러자 그는 곁에 앉은 열 살 안팎 딸아이에게 고개를 돌렸다. 줄곧 술심부름을 해온 아이가 고사리 손을 들어서 손가락 다섯 개를 모두 펴 보였다. 하루에 소주 다섯 병. 그 뒤로 일 년을 못 채우고 그는 이승을 떴다.

나 자신 술도 잘 마시면 약수가 될 수 있다는 데 전적으로 동의한다. 그러나 독수가 되어 몸을 망치고 마음을 죽음의 공포로 몰아넣을 정도가 되어선 곤란하니 정말 잘 마셔야 한다. 어떻게 마시는 게 잘 마시는 건지는 처음 술에 입을 댄 이후로 삼십 년째 여전히 연구하는 중이다.

한때 나는 산에 갈 때면 차 트렁크에 항상 물통을 넣어 갖고 다녔다. 등산을 즐기는 중에 약수터라도 만나면 물을 좀 떠오기 위해서였다. 꿩 먹고 알도 먹을 겸 자주 들렀던 서울 안팎 약수터를 몇 개만 대보자.

고구려 때 바보 온달 장군이 전사했다고도 하고 결코 그런 일은 없었다고도 하는 아차산 약수터. '온달샘' 이 있다고 들었으나

조롱박을 절반으로
쫙 쪼개 만든 바가지.
약수터에서 이런 바가지
보기 어렵다. 빨간 바가지,
파란 바가지, 흰 바가지,
노란 바가지, 초록 바가지.
온통 플라스틱 바가지뿐이다.
조롱박 바가지는
동동주 파는 집에서
여러 해 쓸 걸 한꺼번에
다 사가는 모양이다.

찾아내지 못했다. 머리가 좋아지길 바라는 바보들이 마구 퍼마시는 바람에 샘이 다 말라버렸나?

내가 들른 약수터는 그럭저럭 물맛을 봐줄 만했다. 그런데 물 뜨러 온 사람이 너무 많았다. 새치기하는 이가 없나 감시하느라 모두 눈 한 번 깜박거리지 않았다. 하나같이 물 욕심이 대단해서 물통 크기는 기본이 한 말짜리였고, 한 사람당 가져온 물통이 두세 개였다. 줄지어 놓은 물통 숫자를 세봤더니 백 개에 가까웠다. 물 받을 차례를 기다리면서 같이 배드민턴을 즐길 사람이 없을 때 차라리 안 가는 게 몸에 좋은 약수터이다.

역시 혼자서 차를 몰고 찾아간 축령산. 경춘가도를 달리다가 마석에서 현리 쪽으로 방향을 틀어 삼십여 분 가면 나오는 산이다. 공기 좋고 풍광 좋고 휴일만 피하면 인파에 시달리는 일도 없다. 그런데 옥의 티라고나 할지 약수터가 주차장 바로 앞에 있다. 약수터가 지나치게 가까운 곳에 있으면 약수에 대한 믿음이 떨어진다. 어렵게 구해 먹거나 몰래 먹거나 훔쳐 먹은 약수가 더 맛있는 법이다.

쾰쾰 쏟아져 나오는 약수를 물통에 받아서 차에 갖다 놓고 산을 바라보았다. 단풍이 근사했다. 약수를 너무 쉽게 구함으로써 생긴 허탈감을 덜고자 서둘러 산을 타기로 했다. 빨갛고 단단하게 잘 익은 사과를 바지에 문질러 광을 내가며 능선으로 올라갔다. 절벽 바위에 앉아 한숨 돌리는데 목이 바짝 타들어갔다. 그런데 한입 베어 물려는 찰나 그만 사과를 놓쳐버렸다. 지금쯤 벼랑 아래 어디엔가 사과나무 한 그루가 외로이 자라고 있을지도 모르겠다.

청계산 약수터는 셀 수 없이 자주 갔던 곳이다. 산 입구에서 이십여 분 거리에 약수터가 있다. 거기서 또 그만큼 올라가면 또 하나가 있다. 아차산처럼 늘 사람이 버글댄다는 게 흠이다. 앞에서 걷던 사람이 멈춰 서면 나도 멈춰 서아 하고, 잠시 쉬려고 해도 바짝 붙어 걸어오는 뒷사람 때문에 뜻대로 안 된다.

사람이 많은 건 산세가 완만하여 오르기 쉬운 까닭이다. 막 젖을 뗀 아이부터 개나 소 할 것 없이 다 올라간다. 소는 본 적이 없지만 개를 끌고 올라가는 사람은 숱하게 보았다. 물은 무색 무취 무미.

가급적 위쪽 약수터를 이용하는 게 좋다. 아래쪽 약수터는 지척에 웬만한 동사무소 크기의 세 칸짜리 화장실 건물이 서 있다.

시큼한 냄새가 날아올 때도 있다. 왠지 그 화장실과 약수 사이에 깊은 친분 관계가 있을 것처럼 여겨진다. 비위가 약한 사람은 물을 떠가더라도 그대로 썩히거나, 약수라면 사족을 못 쓰는 이웃들한테 다 나눠줄 가능성이 높다.

남한산성 남문으로 들어서서 오른쪽 길을 돌아 올라가다가 급히 내려가면 절이 나온다. 그곳 약수터에도 몇 번 가보았다. 자루가 긴 국자로 바위에 뚫린 컴컴한 굴에서 약수를 떠 담다 보면 곧 국자에 바닥 긁히는 소리가 들린다. 물의 양이 많지 않다는 얘기이다.

완전히 허탕 친 날도 있었다. 쩝쩝 입맛을 다시며 돌아서는데 노랑머리 외국인 커플이 다가오는 게 보였다. 약수가 바닥났다는 얘기를 해주려 했으나 영어로 약수가 무언지 떠오르지 않았다. 메디신 워터? 헬씨 워터? 그래서 그냥 "헬로우!" 하고 외쳤다. 그들은 약수가 펑펑 나온다는 얘기로 잘못 알아들었는지 매우 기뻐하는 얼굴로 손을 흔들며 "하이!" 하고 화답했다.

마지막으로 칠장사 약수터 얘기를 간단히 해보자. 축축이 젖은 이끼로 덮인 바위틈에서 물이 나오는데 역시 양은 많지 않다. 보통 약수는 받아다가 사나흘 놔두면 물맛이 밍밍해진다. 그러나 그곳 약수만은 시간이 흐를수록 한결 시원하고 정갈하고 달콤한 맛으로 변해 간다.

칠장사는 여간 고풍스럽고 깨끗하지 않은 절이다. 절 인심 또한 넉넉하기 그지없다. 공양 시간에 식당을 기웃거리면 어서 들어오라며 손짓하는 할머니를 대할 수 있다. 배춧국을 곁들여 뜨

거운 밥에 산나물을 듬뿍 얹어서 고추장으로 썩썩 비벼 먹으며
약수를 한 모금 들이켤 때의 그 맛이란!

그곳이 어딘지는 비밀이다. 지도책을 펼쳐놓고 직접 찾아보기
바란다. 다시 말하건대, 어렵게 땀 흘려가며 구해서 마신 약수가
더 맛있는 법이다.

【 엽서를 보내다 】

　실로 오랜만에 엽서라는 걸 받았다. 낮에 가게 다녀오는 길에 보니 우편함에 꽂혀 있었다. 국어사전엔 싱겁기 짝이 없는 풀이가 적혀 있다. ‘엽서(葉書): 우편엽서의 준말.’
　다시 ‘우편엽서’를 찾아보니 ‘봉투에 넣지 않은 채 사용하는 제2종 우편물’이라고 나와 있다. 역시 시시하고 싱겁기는 매한가지이다. 이런 풀이는 어떨까? ‘나뭇잎처럼 가벼워서 손바닥에 올려도 무게를 못 느끼는 봉하지 않은 편지.’
　‘엽서’라는 말을 처음 만든 이는 누굴까? 혹시 시인이 아니었을까? 이전 날 길에서 나뭇잎을 주워다가 다리미로 다려 책갈피에 꽂아두던 일이 떠오른다. 이따금 오래된 책을 다시 꺼내 펼치는 순간, 손끝만 살짝 닿아도 바스러져 가루가 될 듯한 낙엽이 책갈피에서 방바닥으로 떨어진다. 바짝 마른 나뭇잎 한 장이 세월 저편의 추억을 고스란히 되살려내는 순간이다.

동네 산책하다가
시비를 여럿 세워놓은
공원을 만났다.
혹시 틀린 글자가 있을까 봐
조마조마한 심정으로 읽었다.
사랑하는 사람에게
편지를 쓰는 이 세상 모든
연인들의 심정도
이와 다르지 않으리라.

'그래, 그때 내게는 이런저런 일이 있었지. 불안한 미래. 별 이유 없이 마냥 쓸쓸하고 스산하던 날들. 그때 나는 많이 방황하고 많이 외로워했지. 누구를 사랑하는지 알지 못하면서 많은 날 누군가를 기다리고 그리워했지!'

그렇게 속으로 중얼거리며, 젊은 날 즐겨 외우던 황동규 시 「즐거운 편지」를 읊조려보는 것이다. 오늘 내가 후배 올빼미한테서 받은 엽서엔 익살스러운 덕담이 담겨 있다.

'잊지 않고 책을 보내주셔서 고맙습니다. 재미있게 읽고 있습니다. 다음에 만날 때 좋은 얘기 나누고 싶습니다. 새해 인사가 늦었지만, 올해 대한민국에서 제일 권위 있는 상 받으시기를 기원하겠습니다.'

하긴 나도 새로 장편소설을 내면서 엽서를 두 장이나 썼다. 마지막으로 엽서를 써본 게 언제더라? 일주일 전에 소설책을 부치면서 책갈피에 엽서를 끼워 넣었다. 하나는 장편 뒤표지에 글을 써주신 분께 쓴 엽서였다. 감사하다는 말씀, 올해도 건강하시라는 말씀을 거기에 적었다.

또 다른 엽서는 지금쯤 미국 뉴욕 브루클린에 가 있을 것이다. 그곳엔 화가 이상남 형이 살고 있다. 창고를 개조한 작업실에서 그림 그리는 일에 전념하고 있다고 한다. 형은 몇 해 전에 이곳에 다녀갈 때 내게 이런 얘기를 했다.

"그림을 배우고 싶다고? 당장 짐 싸갖고 뉴욕으로 와. 십 년쯤 열심히 그리면 무언가 되도 되지 않겠어?"

연말이면 형은 잊지 않고 내게 카드를 보냈다. 나는 답장은 한 번도 하지 않았고, 작품집이 나올 때마다 그걸 보내는 걸로 안부를 대신했다.

나는 다시 오늘 받은 엽서를 들여다본다. 동그란 소인에 후배의 주소지 우체국 이름이 적혔고 우체국에서 발송한 날짜가 찍혀 있다. 그 오른쪽으로 물결 다섯 줄이 출렁거린다. 물결 밑에 네모난 그림이 그려져 있다. 엽서 값을 뜻하는 '140'이라는 숫자와 두 송이 분홍색 꽃, 그리고 그 아래로 '메꽃'이라는 글자가 보인다.

메꽃? 나팔꽃하고 생김새가 매우 비슷한걸? 고개를 갸웃거리며 다시 사전을 펼친다. 그래, 이 풀이는 엽서의 경우보다 한결 낫구먼!

'메꽃과의 여러해살이 덩굴풀. 여름에 나팔꽃 모양의 큰 꽃이 낮에만 엷은 홍색으로 피고 저녁에 시듦.'

집에 전화가 없던 시절, 내가 멀리 떨어진 사람들과 소식을 주고받을 수 있는 수단은 편지와 엽서뿐이었다. 요즘 사람들은 대부분 이메일로 소식을 주고받는다. 신속하고 간편하며 우체국에 갈 필요가 없다는 것 등 이메일은 장점이 매우 많다. 그런데도 오늘 나는 이런 장점들을 슬며시 무시하고 싶어진다. 자꾸 편지를 쓰고 엽서를 보내고 싶어진다.

책장으로 손을 뻗어 시집을 꺼내서 스물네댓 살에 쓴 졸시 한 편을 읽어본다.

기다림이 덜 막다른 사연이 될 때까지

문간을 바라보는 일

우체부와 낡아가는 자전거를

동시에 사랑하는 일

오지 않는 날은 오지 않는 거고

가끔 바닷바람 쏘이고 돌아오는 일

철로 위에 누워도 보고

불편한 구름 떼를 몰아도 보고

그러나 지금은 구름의 낙일(落日)을 탓하진 말아야지

그만 묵고 떠날까

나의 청년(靑年)이 그런 말 하는 걸 듣도록

늦도록 그대를 기다리는 일

오늘도 지나치는 우체부를

가만 바라보는 일

—「문간(門間)을 바라보며」

우체통 속에 넣은 편지가 바닥에 떨어져서 톡 소리를 낼 때의 야릇한 흥분. 상대에게 배달되기까지 편지가 허공을 날아가는 동안 시간이 하염없이 늘어지는 듯한 느낌. 머리 속에 어렴풋이 그려지는, 내 편지를 받아 들고 고개를 갸웃대다가 겉봉을 뜯어서 천천히 읽어 내려가는 사람의 표정.

그리고 오후 서너 시경에 대문 밖을 내다보고 마당에 쪼그리고 앉아서 우체부를 기다릴 때의 가슴 두근거림. 아마도 나는 이런 것들을 그리워하는 모양이다.

【 처음 만난 날의 결혼식 】

　여느 집 아이들처럼 우리 딸아이도 나를 아빠라고 부른다. 그런데 나는 한 번도 나의 아버지를 아빠라고 불러본 적이 없다. 지금이라도 전화를 걸어서 아버지에게 "아빠" 하고 부른다면 잠깐 뜸들이다가 이렇게 물으실 것이다.

　"아범아, 오늘 뭘 잘못 먹었냐?"

　이따금 나는 딸아이에게 주문한다.

　"한번 '아버지' 하고 불러볼래?"

　그러면 아이는 빙긋이 웃으며 얼굴을 들이대고 외친다.

　"아부지이이!"

　그 순간의 느낌이 참으로 묘하다. 나를 아빠라고 부를 때보다도 이 아이가 내 자식이구나 하는 느낌이 한층 더해진다. 동시에 나 자신의 아버지를 떠올리면서 당신의 젊은 날을 돌아보게 된다.

아버지는 이 세상에 태어난 날부터 같은 동네에서 지금껏 주소지 한 번 바꾸는 일 없이 살아오셨다. 댁에서 백여 발짝 거리에 사무실이 있다. 사무실 벽엔 한자와 뜻풀이를 적은 종이가 가득 붙어 있다. 손바닥만큼도 빈자리를 찾을 수 없다. 칠순에 이른 요즘도 매일 사전과 옥편을 뒤져서 한자를 익히신다.

청소년기 내내 할아버지 밑에서 일하며 제대로 공부할 기회를 잡지 못한 아버지는 스무 살 때 전쟁터에 나가셨다. 강원도 금화 전투를 위시하여 수많은 전투에 참여했다. 어느 전투에선 소대원 거의 모두가 사망했다. 매일 저녁 해가 떨어져서 총성이 멎으면 살아남은 병사들은 일제히 고향 땅을 돌아보고 눈물을 쏟으며 외쳤다.

"어머니, 이 아들은 오늘도 죽지 않고 살았습니다!"

전쟁 중에 아버지는 당신의 어머니이자 나의 할머니를 여의었다. 병이 깊으셨던 할머니는 늘 마루 끝에서 기둥을 잡고 서서, 혹시 오늘은 아들이 돌아오지 않을까 하고 멀리 동구 밖을 바라보시다가 세상을 뜨셨다. 나중에 가서야 아버지는 그 사실을 알았다. 임종을 지키지 못하고 아직 젊은 어머니를 잃은 일은 오랜 세월 당신에게 한이 되었다. 내 나이 열대여섯 살 때까지, 약주를 많이 드신 날이면 아버지는 안방에서 홀로 "어머니" 하고 길게 뇌며 눈물을 훔치셨다.

오늘 저녁때 어머니가 우리 집에 오셨다. 어머니에게 처음 아버지를 만나던 때를 물어보았다. 어머니는 좀 쑥스러우신지 내게 등을 돌리고 손녀딸 옷을 개는 등 딴청을 하며 당시 일을 들려주셨다.

"소개를 받아서 서로 사진을 주고받았어. 그때 너희 아버지는 강원도 화천에 계셨어. 그래서 직접 얼굴을 대할 기회가 없었지."

그렇게 사진만으로 두 분은 첫 대면을 했다. 그런데 그 다음 과정은 나로선 전혀 뜻밖이었다. 아버지와 어머니가 처음으로 얼굴을 대한 건 결혼식 날이었다. 아버지는 군대에서 특별 휴가를 받아 집으로 돌아왔고, 다음날로 어머니의 집이 있는 경기도 광주군 망월리로 가셨다. 그리고 그 집에서 결혼식을 올렸다.

지금 부모님 댁엔 안방에 흑백 사진이 한 장 걸려 있다. 결혼 직후에 두 분이 사진관에 가서 찍은 사진이다. 군인 정복을 입은 아버지는 나와 이목구비뿐 아니라 짧게 자른 머리 모양새까지 매우 흡사하다. 그리고 흰색 저고리 차림의 어머니는 나의 누나를 그대로 옮겨놓은 듯하다. 어찌 보면 내가 누나와 함께 찍은 사진 같다.

좀 전에 어머니는 본가로 돌아가셨다. 아내가 지금 유럽 여행 중이어서, 장남과 손녀딸 저녁밥을 지어주시고 집 청소도 해주실 겸 다녀가신 것이다. 아이와 티브이 뉴스를 보며 참외를 깎아 먹는데 아버지한테서 전화가 걸려왔다.

"어머니한테서 들었다. 옛날 일을 물었다면서?"

"예. 글로 쓸 일이 있어서요."

아버지는 아마도 내가 당신의 군대 얘기를 쓰려는 걸로 여기신 듯했다. 짧은 통화에서 나는 아버지의 숫자 감각과 기억력에 얼이 빠졌다. 마치 어디에 적어놓은 걸 들고서 읽듯이 단숨에 수많

은 숫자를 내 귀에 쏟아 부으셨다.

"52년 11월 6일에 입대했지. 53년 7월 27일 밤에 휴전 협정이 발표되었어. 줄곧 백마부대 9사단에서 복무했는데, 전쟁 뒤에 9사단은 인제에서 포천을 거쳐 화천으로 주둔지를 옮겼어. 56년 3월 13일 결혼했고, 1년 뒤인 57년 4월 10일 제대했지. 제대 때 계급은 하사. 29연대 2대대 2751부대 위탁병과. 군번 9379678."

아버지의 젊은 날은 그처럼 매일같이 최전선에서 삶과 죽음의 경계를 넘나드는 중에 흘러갔다. 필경 결혼은 아버지에게 앞날에 대해 실낱같은 희망을 품게 만들었을 게 분명하다. 나는 아버지와 어머니의 경우에서, 상황에 따라 어떤 결혼은 달콤한 연애 과정 없이도 가능하다는 걸 알았다. 아버지에게 결혼은 길고 어두운 동굴 속으로 날아드는 불빛과도 같은 것이었다.

이제 나는 나 스스로 사십오륙 년 전 봄날의 아버지가 되어서, 처음으로 어머니를 만나러 가던 날을 상상해 본다. 새벽에 나는 눈을 뜬다. 여기가 어디지? 어둠 속에서 눈을 멀뚱멀뚱 뜨고 주위를 둘러본다. 창호지를 바른 문으로 푸르스름한 기운이 스며 들어온다. 아, 그렇구나. 여기는 군대 막사가 아니구나!

다른 식구들은 아직 잠에서 깨어나지 않았다. 나는 조용히 방을 나서 마루 끝으로 다가간다. 올빼미 한 마리가 졸린 눈으로 푸드덕 날아간다. 나는 섬돌에 놓인 고무신을 신고 뒷마당 우물로 간다. 두레박으로 얼음처럼 차가운 물을 길어서 얼굴을 씻고 머리를 감는다. 싸리나무 담 너머로 시원스레 트인 들판이 보인다. 그 위로 희뿌연 안개가 낮게 흘러가고 있다.

얼굴에서 물을 뚝뚝 떨어뜨리며 어디선가 재잘대는 새소리를 좇는데 서서히 가슴속이 일렁이기 시작한다. 가벼운 흥분이 파고든다. 내가 아직 세상에 살아 있어서 오늘 한 여자를 만나 결혼하러 간다는 것이 좀처럼 실감나지 않는다. 이것이 꿈이라면 꽤나 생생하고 또렷한 꿈이다.

점심때 나는 아버지와 다른 친척들과 함께 집을 나선다. 잘 다린 군복을 입고 군화를 신었다. 우리를 발견하고 집 밖으로 달려 나온 동네 아낙네들이 깔깔깔깔 웃으며 한마디씩 던진다.

"좋겠네? 새색시 잃어버리지 말고 꼭 품에 안고 돌아와야 해요?"

"우리 동네 아가씨들, 오늘 방에 박혀서 이불을 머리까지 끌어 덮고 눈물 쏙 빼게 생겼네. 저렇게 잘생긴 총각을 다른 동네 아가씨한테 빼앗기게 되었으니 이 일을 어째?"

천호동으로 나가서 버스에 오른다. 버스는 신작로를 신나게 잘도 달려간다. 버스가 지나치게 빨리 달리는 것 같아서 나는 갈수록 마음이 초조해진다. 입속이 바짝 타들어가면서 오금이 저린다. 오늘 안으로만 그곳에 이르면 되는 거잖아. 좀 천천히 달리면 누가 뭐라나?

논밭 사이 길을 달리던 버스는 이윽고 황산에서 멈춰 선다. 나와 가족들은 그곳에서 내려 망월리로 이어진 시골길을 걸어간다. 계속 머리 속으로 사진에서 본 한 여자의 얼굴을 떠올린다. 오종종한 얼굴에 맑고 순한 눈빛. 키가 좀 작다고 하는데 얼마나 작을까? 아무리 작아도 내 어깨엔 미치겠지? 아니야, 그보다 더 작으면 어때. 모름지기 사람의 키는 똑바로 섰을 때 턱이 땅바닥에 닿지 않을 정도면 된다고 했거늘!

삼십 분쯤 걸어서 소나무 숲 하나를 돌아가자 마당이 넓은 집이 눈에 들어온다. 마당 가득히 사람들이 모여 있다. 마치 동네잔치라도 열리는 분위기이다. 나는 우뚝 발걸음을 멈추고 숨을 깊이 들이쉰다. 아버지가 내 손을 잡으며 어서 가자고 재촉하신다. 나는 어깨를 바로 펴고 주먹에 힘을 준다.

곧 이어 큰 걸음으로 아버지를 앞질러 한창 결혼식을 준비하는 마당으로 돌진한다. 그곳에 서 있던 사람들이 일제히 나를 돌아보고 눈을 크게 뜨며 외친다.

"왔다 왔어! 신랑이 왔어요! 정말 늠름하네! 누구는 좋겠어!"

【 나무 키우는 일의 기쁨과 어려움 】

오래 전부터 나무를 잘 키워보려고 무던히도 애썼건만 집에 들여놓는 족족 몇 달을 못 살고 죽어 나갔다. 그때마다 나는 나무하고는 인연이 없다는 생각에 적잖이 낙담했다. 그러면서도 얼마 지나면 또다시 나무를 들여 공들이기를 되풀이하니, 이쯤 되면 망각 증상이 까마귀 고기를 장복한 수준이 아닐 수 없다.

지금 베란다에선 손바닥만한 화분 여섯 개, 그보다 몇 곱으로 큰 화분 하나가 봄볕을 흠뻑 쬐고 있다. 가까운 곳에 화원 단지가 있어서 자전거를 타고 가서 사온 것도 있고, 뒷산에 올라 어슬렁거리던 중에 슬쩍 캐다가 심어놓은 것도 있다.

이런 계절엔 어떤 초목이든지 별로 품을 들이지 않더라도 하루하루 눈에 뜨이게 잘 자란다. 저절로 생명의 기쁨을 한껏 드러내는 것이다. 그러나 여름이 가고 가을이 와서 서늘한 바람이 불어오면 또 나는 슬며시 자신이 없어질지 모르겠다.

흐느적대며 남한강으로 내려가는데 나무 한 그루가 내게 말을 걸었다.
한 발 물러서 바라보니 나무는 온몸으로 글자를 만들고 있었다.
'냉'? '왱' 이라는 글자를 쓰려다 말았나?
마침 세찬 바람이 불어가자 나무는 온몸으로 "왱!" 하고 울었다.

조선 초기 문신이자 서화가 강희안의 『양화소록』을 지난 겨울에 읽고 이 화창한 봄날에 다시 읽었다. 읽고 난 소감은 이번에도 마찬가지였다. 내가 이전까지 나무 한 그루 꽃 한 송이 기르는 일에서 너무 조급하고 무디게 굴었던 게 아닌가 하는 느낌이 들었다.

여태껏 나는 모든 나무를 똑같은 방식으로 키워왔다. 화분 다섯 개가 있으면 모두 일주일에 두세 번 같은 날 같은 양의 물을 주었고, 똑같은 시간에 볕에 내놓았다가 똑같은 시간에 그늘로 들였다. 그리고 그 중에 유난히 시들시들한 것이 있으면 그에게 모든 잘못이 있는 걸로 여겨서 호되게 나무랐다.

"어째서 너만 유독 까탈 부려 잘 자라지 못하고 내 속을 태우느냐!"

그러나 이제 알겠다. 나무마다 습성이 제각각임을 인정하지 않으려 했던 내게 모든 잘못이 있었다. 강희안이 옮긴, 송나라 사람 심괄이 쓴 오죽(烏竹) 기르는 방법에 관한 글에 이런 대목이 있다.

대를 심을 때 가는 것은 좋지 않다. 대숲 주위에서 남쪽을 향하고 있는 것을 캐서 북쪽을 향하여 돌려서 심으면 뿌리가 모두 남쪽을 향하게 된다. 아주 뜨거운 햇볕이 내리쪼이거나 서풍이 불 때는 심어서는 안 된다. 꽃나무도 역시 그렇다. 세상에는 '대나무는 아무 때나 심어도 좋으나, 비가 내리면 빨리 옮겨 심고 원래의 흙을 많이 남겨두어야 한다. 남쪽으로 뻗은 가지를 알아두었다가 채취해야 한다' 는 말이 있다.

『양화소록』에 실린 나무 열 종이 모두 그러하다. 노송 만년송 국화 매화 난혜 서향화 연화 석류화 치자화 사계화 산다화 자미화 일본철쭉화 귤나무 석창포. 그 모든 나무가 습하고 건조하고 바람이 많이 불고 적게 불고 그늘지고 양지바르고 덥고 추운 것에 따라서, 환경에 잘 적응하고 적응하지 못하는 차이를 명확하게 드러낸다.

『양화소록』은 꽃나무를 잘 키우는 방법에 관한 책인 동시에, 나무에서 세상살이의 이치를 배우는 과정을 옮긴 지혜의 책이다. 자연과 벗함으로써 인간사에 만연한 욕구로부터 풀려나서 유유자적하는 방법을 일러준다.

사람이 한세상을 살면서 명성과 이익에 골몰하여 고달프게 일하는 것이 죽음에 이르도록 끝이 없다. 과연 무엇을 하는 것인가? 벼슬을 버리고 강호(江湖)를 소요하지는 못한다 하더라도, 공무(公務)의 한가한 틈에 맑은 바람 밝은 달 아래 향기 진한 연꽃과 그림자 뒤척이는 줄풀이나 부들을 대하거나 작은 물고기가 개구리밥과 수초 사이를 뛰노는 광경을 만날 때마다 옷깃을 풀어헤치고 거닐거나 노래를 읊조리면서 노닌다면, 몸은 명예의 굴레에 묶여 있지만 마음은 세상사에서 벗어나 노닐 것이고 자신의 감정을 마음껏 표현할 수 있을 것이다.

이처럼 글을 읽는 중에 지금 입고 있는 차림새 그대로 훌쩍 세간을 벗어나서 자연 속으로 걸어드는 느낌을 맛보게 해준다. 주위 공기가 사뭇 상쾌해지면서 꽃과 나무들의 풋풋한 향기가 콧속으로 파고든다. 옛 선비들의 단아한 모습과 풍류와 고매한 성품을 엿보는 즐거움도 꽤나 쏠쏠하다.

육백 년 세월을 견디고 살아남아 지금도 지리산 단속사 터에서 볼 수 있는 '정당매'라는 이름의 매화나무가 있다. 이 나무가 강희안의 조부가 어려서 심은 것임을 밝힌 대목에 이르면, 또 마음은 한없이 황홀해지면서 이 땅에 사는 나무들의 불멸의 역사성에 대해 돌아보게 되는 것이다.

일전에 식목일을 앞두고 바람을 쐬러 아는 선배의 시골집에 들렀더니 나무 심기가 한창이었다. 나도 웃통을 벗어부치고 삽을 들고 끼어들었다. 구덩이를 파고 나무를 내려서 구덩이에 세우고 그 위에 흙을 덮고 물을 뿌리는 일을 거들었다. 그날은 느티나무 스무 그루, 다음날엔 측백나무 이백 그루를 심었다. 온몸이 쪼개질 듯이 쑤시고 욱신거렸지만 기분 하나는 날아갈 듯했다.

아직까지 내가 나무에 관하여 그럭저럭 해낼 수 있는 일은 그 정도이다. 그러니 나무를 놓고 함부로 이러쿵저러쿵 아는 척하지 말 일이다.

【 내 마음의 섬 】

꽃 피고 새 우는 아름다운 봄날에 한 달 넘게 책상과 한 몸이 되어 지냈다. 한꺼번에 여러 가지 일이 몰린 까닭이었다. 도중에 서울에 다녀오면서 기차에서 독감에 걸려 몸 상태도 최악이었다. 정신이 어질어질한 가운데 계속 코를 풀어 방 전체를 휴지통으로 만들면서도 책상 앞을 떠나지 못했다.

시간이 모든 걸 해결해 준다더니, 과연 오월로 들어서서 자유의 몸이 되었다. 만세 부르며 날개를 퍼드덕거리는 내 손엔 울릉도행 배표가 쥐어져 있었다. 늘 지도에서나 존재할 뿐이었고 한 번도 발을 디뎌본 적이 없는 섬이었다.

그곳에 갈 기회가 전혀 없었던 건 아니었다. 중학교 때 친구들과 여행을 계획했으나 끝내 여비를 마련하지 못하여 따라나서지 못했다. 여행에서 돌아온 두 친구가 울릉도에서 찍은 사진을 보여주며 "용용 죽겠지?" 하고 바짝 약 올리던 일이 떠오른다.

여행을 하루 앞둔 날 저녁때 배표를 산 여행사에서 전화가 걸려왔다.

"풍랑 때문에 내일 배가 못 떠납니다."

다음날 아침부터 추적추적 비가 내리기 시작했다. 그러나 이게 얼마나 애타게 기다려온 여행인가. 그대로 주저앉을 수는 없었다. 곧 배낭을 꾸려 들고 집을 나섰다. 차를 몰고 원주 고속버스

파도는 "쏴아 쏴아" 소리만으로도 사람의 마음을 송두리째 휘어잡는다.
밀려오고 또 밀려오는 물결 군단 앞에서 오금이 얼어붙었다.
결국 서늘한 석양녘에 무릎까지 두 발이 흠뻑 젖었다.

터미널로 가서 같이 여행을 떠나기로 약속한 친구를 태웠다. 꿩 대신 닭이라고, 다른 섬에라도 다녀올 생각이었다. 영동 고속도로로 올라갈 즈음에 가랑비가 소나기로 변했고 뿌옇게 안개가 끼었다.

서해 안면도는 다리로 뭍과 연결돼 있어 섬이라 부르기엔 좀 무엇한 곳이었다. 게다가 이미 네댓 번 다녀온 곳이어서 앞바다에 뜬 섬 여럿을 돌아보는 걸 목표로 삼았다. 인천으로 잘못 들어가 한참 헤매는 바람에 마침내 안면도에 도착했을 땐 이미 날이 어두워지고 있었다. 내일을 기약하고 영목항 여관에서 하룻밤을 잤다.

이튿날 아침에 우연히 서울에서 연극배우로 활동하는 최경원(셰익스피어 연극에 많이 출연한 그의 별칭은 '제임스 최'인데, 나를 '윌리엄'이라고 부른다)과 휴대전화 통화가 이루어졌다.

"윌리엄 형님, 형, 성! 꼼짝 말고 거기 서 계세요! 발바닥에 불이 나게 달려 내려갈게요!"

그래서 또 하루를 영목항에서 그대로 흘려보냈다. 여행 사흘째 되는 날, 배표를 끊으러 가려는데 경원이가 기어드는 목소리를 냈다.

"꼭 섬에 가야 해요? 안 가면 안 될까요?"

그제야 아차차 하고 내 옆머리를 쳤다. 경원이는 군산 앞바다의 오식도(한자로는 '까마귀가 먹어버린 섬'이라는 뜻이다)라는 섬에서 태어났다. 두 해 전 이맘때 그와 함께 차를 몰고 그곳에 간 적이 있다. 나는 줄곧 머리 속으로 바다 복판에 둥실 뜬 아름다운

섬을 그렸다. 그런데 차는 동강난 바위가 어지럽게 널린 채석장 속을 뒤뚱거리며 나아갔다. 여기저기서 폭발음이 들렸다.

"길을 잘못 든 거 아니야?"

"좀더 들어가지요."

얼마 만에 그가 손가락으로 오식도를 가리켜 보였다. 간척 사업 때문에 뭍으로 변한 섬은 소나무 몇 그루가 눈에 들어올 뿐이었고, 온통 쪼개지고 부서지고 뒤집힌 바위투성이였다. 한때 사람이 살던 곳이라는 게 믿어지지 않았다.

나는 결국 섬에 못 가보고 이번 여행을 마쳤다. 그러나 전혀 소득이 없었던 건 아니어서, 바다뿐 아니라 사람의 가슴 한복판에도 섬이 있음을 절감했다. 그것은 모든 추억이 엉망진창으로 조각난 섬, 영원히 잃어버린 섬, 까마귀가 꿀꺽 삼켜버린 섬, 다시는 돌아갈 수 없는 섬이었다.

【 자전거 예찬 】

무궁화호 열차를 타고 태백산에 갔다. 그곳엔 아직 철쭉꽃 진달래꽃이 한창이었다. 한 무리 젊은이들이 자전거를 몰고 질주하는 광경을 보았다. 산꼭대기에 올랐다가 길을 잘못 내려와서 출발 지점으로 돌아가느라 햇살이 쏟아지는 한적한 일요일 한낮 국도를 터벅터벅 걷던 중이었다.

스무 대 남짓한 자전거가 신나게 내 곁을 스쳐 앞으로 달려 나갔다. 머리칼을 길게 늘어뜨린 여자도 여럿 있었다. 남녀 모두 은류처럼 탄탄하고 늘씬한 몸매를 뽐내고 있었다. 눈부신 젊음!

태백산에서 돌아와 며칠 쉰 뒤에 임시로 쓰고 있는 작업실에 가고자 버스에 올랐다. 논밭 사이 국도를 지나는데 삼종 경기 전국대회가 벌어지고 있었다. 수영복으로 봐도 무방할, 몸에 착 달라붙는 옷을 입은 이들이 힘차게 두 발로 달음질하는 게 보였다. 그을린 얼굴에 하나같이 건강미가 철철 넘쳐흘렀다.

　도로 복판을 오가는 건 자전거였다. 태백산에서 만난 무리와 똑같은 차림새로 젖 먹던 힘을 다해 페달을 밟고 있었다. 태백산 자전거족들도 그들 속에 있을 것 같았다. 교통순경들이 통제하고 있어서 좀처럼 길은 뚫리지 않았다. 나는 완전히 멈춰 선 버스 속에서 이마를 주먹으로 두드리며 웃었다. 그리고 후회했다. 이런, 나도 자전거를 타고 나설걸!

　내가 자전거를 하나 장만한 건 세 해 전이다. 이십일 단까지 변속할 수 있는 중고 자전거이다. 값은 밝히기 곤란할 정도로 아주 싸다. 이 자전거로 여행을 나선 적은 없지만 웬만한 곳은 다 가보았다. 시장과 백화점에도 가보았고, 빵집, 서점, 은행, 약수터, 공원, 도서관, 영화관, 학교에도 가보았다. 집에서 한 시간 안쪽 거리에서 일을 볼 때는 대부분 자전거를 이용했다.

　자전거와 함께 넘어지기도 무수히 넘어졌다. 빙판에서 미끄러진 적도 있고, 백팔십도 회전하여 고꾸라지는 묘기를 보인 적도 있고, 뒤에 딸아이를 태운 채 함께 나가떨어진 적도 있고 가로수와 뽀뽀한 적도 있다. 바퀴에 끼어서 건빵바지는 아랫단이 부욱 찢어졌으며, 지금 집에 놔두고 온 청바지 밑엔 잔뜩 기름 자국이 나 있다. 어느 고약한 손이 바퀴를 찢어버려서 한 번 수리한 적이 있지만, 그 동안 내린 비를 고스란히 다 맞았는데도 거의 녹슨 흔적 없이 멀쩡하다.

　자전거는 지금 이 글을 쓰는 작업실 밖에서 그늘에 선 채 조용히 쉬고 있다. 좀 전에 잠깐 나갔을 때 보았는데, 정말 의연하고 건강한 모습으로 그 자리를 뜨지 않고 잠자코 서 있었다.

　이 자전거는 주인이 강원도로 이사하면서 덩달아 강원도 자전
거가 되었다. 논밭 사이를 달리는 일이 늘었고 나뭇잎에 덮여 잠
자는 날이 많아졌으며 벌레들의 쉼터가 될 때도 있었다. 그리고
이전보다 한 번에 먼 거리를 달리는 일이 잦아졌다. 주인이 사는
집과 작업실까지의 거리가 대폭 늘어났기 때문에 한번 달리면 쉬
지 않고 한 시간 넘게 달려야 한다.

힘든 시절 다 보내고 한가로이 여생을 즐기는 마차 바퀴.
모든 바퀴는 한 가족이거나 친척 간이다. 마차 바퀴 곁을 지날 때면
자전거 바퀴는 잊지 않고 안부를 여쭐 것이다. "아저씨, 건강하시죠?
오늘은 더 좋아 보이십니다." "음, 그러냐? 고맙다. 어서 가서 일 봐라."

주인은 아침 일찍 집을 나서 작업실에 가면 하룻밤 자고 다음 날 저녁때 돌아간다. 자연히 자전거도 매일 같은 길을 한 번씩 달리게 되었다. 올 들어 주인은 얼굴이 구릿빛으로 변했고 뱃살이 작별 인사를 고했으며, 팔다리가 한층 튼튼해졌고 몸무게가 몰라보게 줄었다. 마른걸레로 자전거 안장과 바퀴살에 묻은 흙먼지를 닦아낼 때마다 주인은 찬사를 던진다.

"모두 네 덕이야. 고마워!"

세상엔 달리는 자전거가 있는가 하면 제자리에 붙박인 채 일생을 보내는 자전거도 있다. 체육관 자전거가 후자에 속한다. 이 녀석은 핸들이 있지만 좌우로 방향을 바꾸는 기능이 없으며 바퀴는 아예 있지도 않다. 브레이크도 없고 흔들림도 없고 경적도 없고, 시원하게 비를 맞거나 산들바람을 쐴 일도 없다. 있는 게 거의 없으며 없는 게 너무나도 많다.

이처럼 불행한 자전거는 자전거를 타는 이에게 극히 제한된 근육만을 만들어준다. 다리 근육! 비틀거릴 일이 없으니 핸들을 단단히 움켜쥐지 않아도 되며 어깨에 힘을 줄 필요가 없다. 자연히 온몸 근육이 고루 발달하는 기적은 벌어지지 않으며, 절대로 앞으로 달려 나가는 일이 없기에 스쳐가는 바람에 뱃살과 가슴살이 얇게 퍼져서 사라지는 기적도 기대하기 힘들다. 또한 쓰러질 염려가 없으므로 타면 탈수록 균형 감각이 약해지는 역효과가 생긴다는 사실도 빠뜨릴 수 없다.

장담하건대 자전거 산업은 무궁무진한 미래가 대평원을 향해 열려 있다. 자전거 제조업자들에게 이런 자전거를 만들어볼 것을 권한다. 산성비와 일사병을 두려워하는 이들을 위하여 우산을 단 자전거, 좁고 막다른 골목으로 잘못 들어갔을 경우에 후진하는 게 가능한 자전거, 바퀴를 돌릴 때 생기는 회전 에너지로 전기를 만들어 가전제품에 쓸 수 있도록 발전기와 축전기를 부착한 자전거, 주인이 과음했을 경우에 경고음을 울려서 음주 사고를 막아 주는 자전거.

이런 자전거를 연구하느라 밤을 밝히는 올빼미들, 그리고 오늘도 자전거를 타고 집을 나선 모든 이에게 영광 있기를!

여름

그 해 여름

바다에서 돌아온 뒤에도, 꽤 오랫동안

눈부신 햇살만 보면

"흡!" 하고 비명이 새어 나가는

공포증에 시달렸다.

【 메리의 뱃속으로 사라진 동전 】

이남호 씨가 모은 터키 민담에 이런 게 있다. 꽤나 높은 자기 집 지붕에 올라간 사내가 땡볕 속에서 빗물 새는 자리를 손보고 있었다. 길 가던 나그네가 걸음을 멈추고, 손나팔을 만들어 입에 대고 지붕을 올려다보며 외쳤다.

"여보시오! 잠깐만 내려와 보시오! 긴히 할 얘기가 있어서 그러오!"

"무슨 얘긴데요?"

"일단 내려와 보시라니까요?"

"아 그 사람, 되게 귀찮게 구네? 그냥 거기서 말해 보시오!"

나그네는 막무가내로 어서 내려오라며 고집을 부렸다. 그래서 집 주인은 하는 수 없이 힘겹게 사다리를 타고 마당으로 내려갔다. 가쁜 숨을 몰아쉬는 집 주인에게 나그네가 사정했다.

"배가 고파서 그러는데 백 원짜리 동전 하나만 적선해 주시면

왼쪽 건물은 충주 작업실이고, 오른쪽에 서 있는 건 절에 가면 흔히 볼 수 있는
말채나무이다. 사다리에 오를 땐 일단 주위에 장난꾸러기가 없는지 살피는 게 좋다.
이런 인간은 다른 사람이 무사히 사다리 오르는 꼴을 못 본다.

고맙겠습니다."

　집 주인은 잠깐 생각에 잠기더니 나그네에게 지붕을 가리켰다.

　"나하고 같이 저 위로 올라갑시다."

　"왜요?"

　"일단 올라가 보자니까요?"

　나그네는 식은땀을 흘리며 덜덜 떨리는 다리로 집 주인을 따라
서 지붕으로 올라갔다. 그제야 집 주인이 나그네를 돌아보고 말

했다.

"백 원은커녕 일 원짜리 동전 한 닢도 없소."

얘기가 나온 김에 터키 민담을 하나 더 옮겨보자. 어느 현자가 있었다. 매일같이 그에게 이것저것 세상사를 물어보려고 찾아오는 사람이 집 앞에 길게 줄을 섰다. 현자는 어느 날 대문 기둥에 팻말을 내걸었다. 거기엔 '질문 하나에 오백 원'이라고 적혀 있었다. 한 사내가 앞으로 나서며 현자한테 따졌다.

"오백 원은 너무 비싸지 않습니까?"

현자가 잔말 말고 돈부터 내라며 손을 내밀었다. 사내는 마지못해 현자의 손바닥에 오백 원짜리 동전을 내려놓았다. 그러자 동전을 호주머니에 집어넣은 현자는 곧바로 돌아서 집으로 들어가려 했다. 놀란 사내가 소리쳤다.

"그냥 들어가면 어떻게 해요?"

현자가 재빨리 돌아서며 다시 손을 내밀었다.

"또 질문 던졌으니 오백 원 더 내."

하루가 다르게 돈 가치가 곤두박질치고 있다. 요즘 세상에 십 원짜리 동전 한 닢으로 할 수 있는 일은 거의 없거나 전혀 없다. 고무총을 들고 축구장에 간다면 모를까? 얼마 전에 스코틀랜드에서 한창 축구 경기가 벌어지는 중에 심판이 이마에 피를 흘리며 쓰러졌다. 홈팀 수비수가 레드카드를 받고 퇴장당한 직후에, 어느 홈팀 관중이 고무총으로 쏜 동전에 이마를 정통으로 얻어맞았던 것이다.

그러나 아무리 심판이 밉더라도, 동전의 가치가 바닥을 기는 세상이라고 하더라도 절대로 그런 짓을 해선 안 된다. 정신 건강에 해로운 건 둘째 치고, 자신이 응원하는 팀에 전혀 도움이 안 된다. 그 명사수 관중이 응원한 홈팀은 그날 경기에서 공 몇 번 건드려보지도 못하고 3:0으로 완패했다.

내가 어렸을 땐 집안에 옛날 동전이 흔했다. 발에 밟히는 게 옛날 동전이었다. 상평통보도 있었고 더러 은화도 섞였다. 그 많던 동전이 모두 어디로 갔는지 알 수 없다. 최근에 수집가들 사이에서 옛날 동전이 얼마에 거래되는지 조사한 자료를 보았다. 고가 동전 몇 개만 적어보면 이러하다.

대한제국 시대에 만든 금화 가운데 오얏꽃 무늬 동전 5환짜리가 9천만 원. 10환짜리는 5천만 원. 20환짜리 8천만 원. 청동화는 50만 원에서 100만 원 사이. 조선 말기의 은화 태극 휘장 1환짜리가 3천만 원.

내가 어린 시절에 제기를 만들어 차고 놀다가 도랑에 빠뜨리거나 지나가던 트럭 짐칸 위로 날려버린 옛날 동전들. 그 속에 그런 동전이 섞이는 일이 없었기만을 간절히 바랄 뿐이다.

사실상 그 시절에 우리는 옛날 동전 열 개보다 십 원짜리 동전 하나를 더 귀하게 쳤다. 십 원짜리 하나면 아이스케이크 다섯 개를 살 수 있었고, 고구마과자 한 봉지를 사서 형제 여럿이 마루 끝에 모여 앉아서 다리를 흔들며 궁금한 입을 달랠 수 있었다. 당시에 동네에서 유일하게 TV를 갖고 있었던 가겟집 할머니는 컴컴한 뒷방에 입장하여 하룻저녁 TV를 보는 삯으로 한 사람당 일 원씩 받았다.

여름날 오후에 집 마당에서 친구들과 사방치기 놀이를 하던 중에 이런 일이 있었다. 막내동생한테 십 원짜리 동전을 맡겨놓았는데, 동생이 동전을 입에 물고 빨다가 그만 꼴깍 삼켜버렸다. 동생의 뒤통수와 목덜미와 등을 아무리 두드리고 때리고 쥐어박아도 한번 사라진 동전은 돌아 나오지 않았다. 동생의 울음소리만 갈수록 요란하게 동네 하늘로 퍼져 나갔다.

동전을 되찾을 수 있는 길은 단 한 가지였다. 막내가 응가하기를 기다리는 수밖에 없었다. 막내의 뒤를 따라다니며 묻고 또 물었다.

"마려워?"

"아니."

"안 마려워?"

"응."

"아랫배 살살 아파?"

"안 아파."

"코딱지만큼도?"

"응."

그날 석양 무렵에 마침내 내가 애타게 기다리던 것이 도래했다. 막내가 마당 한쪽에서 바지를 내리고 쭈그리고 앉는 게 눈에 들어왔다. 나는 막대기를 집어 들고 막내를 향해 달려갔다. 그런데 그 순간에, 온종일 막내가 응가하기를 기다린 건 나만이 아니라는 게 밝혀졌다. 두어 발짝 앞서서 막내를 향해 쏜살같이 달려가는 무언가가 있었다. 옆집 똥개 한 마리!

그 이름도 아름다운 메리. 밥보다 똥을 더 좋아한 메리. 우리 집 누렁이를 몸 바쳐 사랑한 메리. 메리는 십 원짜리 동전이 섞여 있을 막내의 응가를 한입에 꿀꺽 삼켰다. 그리고 영문도 모르는 채 나한테 연거푸 발길질을 당하곤 깨갱거리며 멀찍이 달아났다.

다음날 아침에 메리를 다시 만났을 때 넌지시 물어보았다.

"너 간밤에 응가했니?"

메리는 눈을 말똥말똥 뜨고 고개를 갸웃거릴 뿐, 끝내 아무 말이 없었다.

지금 내 손엔 '1966년' 이라고 찍힌 십 원짜리 동전이 놓여 있다. 내 기억이 맞다면 이 땅에서 십 원짜리 동전이 처음 만들어진 건 1966년이다. 그리고 막내가 십 원짜리 동전을 삼키는 일이 벌어진 것도 바로 그 해이다.

그때 막내를 거쳐 메리의 뱃속으로 들어간 동전은 지금 어디에 있을까? 혹시 이 동전이 그 동전은 아닐까?

【 머리 식힐 공간을 찾아서 】

글 쓰는 일을 직업으로 삼은 뒤로 현관 문턱을 넘나드는 일 없이 지낼 때가 많다. 밖에 나간다고 해도 속옷이나 다름없는 차림새로 잠깐 골목 담배 가게에 휘이 다녀오는 게 전부이다. 오늘이 며칠이며 무슨 요일인지조차 모르는 상태에서 아침나절이 곧 점심때가 된다. 또 깜박 정신을 놓고 있는 사이에 시간은 해거름의 어둑한 기운 속으로 접어든다. 같이 식사를 나눌 사람이 집에 없을 땐 여러 끼를 거르기 일쑤이다.

그런데 이게 한 달을 넘는 경우는 드물다. 저절로 집필 삼매경에서 풀려 나오는 날, 우편물을 뜯어보고 이 책 저 책 뒤적거리다간 넋 나간 얼굴로 벽을 바라보고 앉아서 하루를 흘려보낸다. 급기야 좀이 쑤셔서 더는 못 견딜 정도가 되면 무작정 배낭을 꾸려 집을 나선다. 바로 지난 주 화요일이 그러했다.

정오 무렵에 차를 몰고 동네를 벗어났다. 교차로에 이르러 고

속도로로 들어설까 하다가 계속 국도를 달리기로 했다. 창을 내
리고 얼마간 아무 생각 없이 달렸더니 양 옆으로 짙푸른 초목이
산자락을 덮으며 시원스럽게 펼쳐졌다. '은고개'라는 아름다운
이름을 지닌 언덕길이었다.

은고개는 열서너 살 때 여름방학을 이용하여 시외버스를 타고
친구들과 몇 번 찾았던 곳이었다. 언덕을 마저 올라가서 오른쪽
샛길이 눈에 들어오자마자 핸들을 틀었다. 직후에 내 어린 시절
은고개에 얽힌 풋풋하고 싱그러운 추억은 일거에 탈색해 버렸다.
시멘트 길을 달리는 내내 코로 파고드는 건 고기 굽는 냄새였고,
눈에 들어오는 건 들쭉날쭉 계곡을 점령한 음식점밖에 없었다.

황급히 차를 돌려 국도로 돌아 나와서 남한산성 남쪽으로 갔
다. 역시 소년 시절에 세 시간 남짓 흙길과 자갈길을 걸어 성곽
속으로 들어가는 보행을 수 차례 즐긴 일이 있었다. 매표소를 지
나서 십여 분 올라가니 성문이 나왔다. 숲으로 들어가 어디 그늘
에 앉아 쉴 생각으로 빈터에 차를 세웠다.

나중에 출발 지점으로 돌아오게 될지 자신할 수 없었다. 맑은
공기와 햇살에 부딪혀 흩어지는 녹색에 취해서 발 닿는 대로 가
파른 산길을 걷고 또 걸었다. 한 시간쯤 지나자 이마에 송골송
골 땀이 맺혔다. 저만치 나무 터널 속으로 내리막 오솔길이 나
타났다.

얼마쯤 내려갔을 때 별안간 시야가 훤히 트였다. 마당 잔디를
잘 다듬은 아담하고 옛 정취가 넘치는 사당이 눈부신 햇살을 온
몸에 받고 있었다. 산길을 버리고 사당 앞뜰로 들어섰다. 울긋불

굿한 옷차림의 중년 여자 네댓이 잔디밭에 둘러앉아 있는 게 보였다. 내 입에서 감탄이 새어 나갔다.

'아, 이들은 한낮에 이렇게 깊고 그윽한 곳에 모여서 조용히 명상의 시간을 보내고 있구나!'

다음 순간 내 감탄은 탄식으로 변했다. 눈을 바로 뜨고 다시 잘 바라보니 그들은 저마다 무릎 앞에 지폐를 몇 장씩 내려놓고 화투를 치고 있었다. 불쑥 나타난 나를 보고도 전혀 놀라는 기색이 없었다. 그들의 표정은 이렇게 말하고 있었다.

'별안간 이런 한갓진 곳으로 웬 개가 지나가지?'

조선시대 충신들의 신주를 모신 사당 앞뜰에서 화창한 대낮에 벌어지는 화투판이라니, 잠깐 어지럼이 일었다. 손바닥으로 이마를 덮고 지나가는데 누군가 큰 소리로 방귀를 뀌었다. 참으로 길고도 시원스러운 소리였다. 나더러 들으라는 소리인지, 무슨 각별한 뜻을 담은 소리인지 알 수 없었다. 그들 가운데 아무도 멋쩍게 웃거나 소음을 낸 이를 나무라거나 곁눈으로도 나를 다시 돌아보는 이가 없었다. 모두 어깨를 둥글게 만 굳센 금순이 같은 자세로 화투에 열중했다.

그날 여행은 처음부터 수상한 냄새 때문에 정신이 어질어질했지만, 내 기억 속엔 편안한 기분으로 머리의 열기를 식혔던 공간이 여러 곳 남아 있다.

서른 살 때 나는 직장을 그만두고 강남 도곡동 사거리 지하실 방에서 칩거에 들어갔다. 화창한 날이건 궂은 날이건 스스로에게 날씨 핑계를 대서 일을 접고, 사나흘마다 조용히 집을 빠져 나가

바람 솔솔 부는 날, 활짝 문 열린 방 안에선 필경 누군가 낮잠을 자고 있다.
나무는 그가 잘 자는지 꽤 궁금한 모양이다. 슬며시 그림자를 내려 들여다본다.

서 골목 끝 큰길가 기원을 찾았다.

원장은 나를 급수가 비슷한 사람과 짝지어 주었다. 할아버지 뻘 되는 노인과 자주 수담을 나누었는데 그분은 통 말씀이 없으셨다. 한 수 한 수 소리를 내지 않고 바둑판에 얌전히 돌을 내려놓으셨다. 꽤나 너르고 햇볕 잘 드는 그 기원은 언제나 분위기가 고즈넉했다. 그곳에서 창창한 젊은 날의 하루하루를 별 소득도 고민도 없이 흘려보내는 것이 그 즈음의 거의 유일한 도락이었다.

그 동네를 떠나 내가 태어난 동네로 돌아온 뒤엔, 가까운 선배가 언제든 와서 쓰라고 비워놓은 당북마을 흙집에 자주 갔다. 혼자 갈 때도 있었고 친구와 같이 가기도 했다. 낮엔 파리를 잡거나 거미가 정교하고 날랜 솜씨로 멋진 집을 만드는 모습을 관찰하며 빈둥댔다. 그러다가 해가 떨어지기 무섭게 "바로 이때다!"

하고 뒷산에서 주워 온 나뭇가지로 마당에 불을 피우고 막걸리를 마셨다.

대작할 이가 있을 때는 잔을 비우며 '너 한 곡, 나 한 곡' 번갈아 끝도 없이 노래를 불렀다. 산에서 고양이들이 내려와 침을 흘리며 주위를 맴돌면서 귀찮게 굴었다. 처음엔 아까워 한 점도 내주지 않다가, 배가 잔뜩 불러오면 고양이들의 면상을 겨누어 삼겹살 익은 걸 마구 던져주었다. 꺼져가는 모닥불 곁을 떠나 이슬에 젖은 풀밭을 어슬렁대며 올려다본 하늘엔 어느 결에 별이 듬뿍 돋아나 있었다.

대부분 밤이 깊어 풀벌레 울음이 잦아든 뒤에야 방으로 들어가서 한낮까지 늘어지게 잤다. 그런데 한번은 새벽에 일찍 귀가해야 할 사정이 있었다. 두어 시간 눈을 붙였다가 일어났다. 기지개를 켜고 하품하며 차를 세워놓은 언덕으로 올라가는데 일순간 숨이 멎었다. 세상에 태어나서 그렇게 많은 별을 보기는 처음이었다!

그 뒤의 일이지만, 몽골 여행 때 본 한여름 밤의 별보다 결코 숫자가 적지 않았다. 몽골 초원에 큰대자로 누워서 밤하늘의 별을 헤아리던 중에 그런 얘기를 입에 올렸더니, 동행은 절대로 그럴 리 없다며 고개를 가로저었다. 그러거나 말거나, 나는 지금껏 당북마을 흙집에서 그날 새벽에 본 별보다 많은 별을 본 적이 없다고 확신한다.

이 흙집에서 봄 여름 가을 겨울을 다 겪었다. 초봄 초여름 늦가을 늦겨울도 겪었다. 자연의 변화를 통해서 세월의 흐름을 온몸으로 생생하게 느꼈다. 이 집에서 보낸 시간을 돌이킬 때면 슬픔이 가슴 한쪽으로 파고든다. 늦가을날 날개를 축 늘어뜨리고 늘어지게 낮잠 자다가 옆 창을 열었을 때 와락 달려들던, 눈 시린 햇살 아래 노랗고 빨간 나뭇잎들을 떠올리노라면 더욱 가슴이 저릿해진다.

이는 괴로움인가? 아니다, 그렇지 않다. 세월이 흘러서 언젠가는 내가 이 땅에 존재하지 않게 되리라는 걸 순리로서 받아들이는 순간에 도래하는, 조금은 쓸쓸하면서 마음을 차분하고 잔잔하게 가라앉히는 슬픔에 가깝다.

선이 굵고 박력 넘치는 김수영 시「폭포」를 읽을 때마다 떠오르는 건 소백산 자락의 희방사라는 절이다. 절을 지나서 가파른 절벽을 왼쪽에 끼고 좁은 길을 걸어 산속으로 얼마간 들어가면 별안간 눈앞에 폭포가 나타난다. 그다지 큰 폭포가 아니건만 대낮에도 물소리가 엄청나다. 그 앞에선 목이 터져라 고래고래 소리를 질러도 전혀 대화가 이루어지지 않는다.

어느 해 봄날에 딸아이와 아내와 같이 그곳에 갔다. 폭포 곁엔 간단한 음식과 술을 파는 집이 있었다. 그 집에서 방을 하나 빌렸다. 작은 창을 열자 폭포가 눈 속으로 달려 들어왔다. 사각 창틀에 갇힌 폭포는 겸재 정선의 그림 〈박연폭포〉를 떠올리게 했다.

밤이 깊어가면서 폭포는 시야에서 자취를 감추었다. 그러나 물 떨어지는 소리는 하늘에 구멍이 뚫린 날 쏟아지는 폭우처럼 갈수록 거세졌다. 아내와 딸아이가 잠든 뒤에 홀로 감자전을 시켜놓고 소주를 마셨다. 그리고 창밖 어둠을 장악한 물소리로 귀를 적셨다.

밤새도록 물소리는 몸과 마음 구석구석으로 스며들었다. 잠자는 내내 잠시도 폭포 소리가 귓전을 떠나지 않았다. 그래서 아침에 눈을 떴을 땐 간밤에 잠을 설쳤으니 오늘 하루는 좀 고될 거라고 생각했다. 하지만 웬걸, 온종일 그렇게 몸이 가뿐할 수 없었다. 지금도 내 귀엔 그날 밤 폭포 소리가 뚜렷이 잡힌다.

작년에 나는 올빼미족의 취미를 십분 살려서 봄에서 여름까지 뻔질나게 밤낚시를 다녔다. 어느 달은 보름 넘게 낚시터에서 밤을 새웠다. 한밤의 아늑한 고요, 물에 비치는 풍요로운 달빛과 별빛, "쩡 쩡 쩡" 하고 동굴 속을 울리는 듯한 기묘한 밤새 울음소리, 그 소리에 이어 푸드덕 날개를 치며 낮게 물 위를 날아가는 새 그림자, 졸음에 취해서 갈수록 희미해지는 풀벌레 소리. 그리고 새벽 두 시쯤에 온 세상을 감싼 완벽한 적막과 어둠 속에서 참치 캔을 따놓고 마시는 소주 몇 잔.

당시에 나는 이런저런 일로 머리가 많이 아팠다. 밤낚시가 아니었다면 제풀에 지쳐 쓰러졌을지도 몰랐다. 물고기를 많이 잡고 못 잡고는 중요하지 않았다. 나에게 필요한 건 자연과의 대화, 어둠과 친해지기, 적막과 한몸 되기였다.

아침에 해가 뜨기 전에 짐을 챙겨서 귀가할 때, 매번 머리 속을 말끔히 청소한 뒤의 허무를 느꼈다. 미약하나마 무욕과 무상의 경지를 엿볼 때도 있었다. 그런 날은 밤새 잡은 고기를 저수지에 모두 놓아주었다. 여담이지만 내 주위엔 낚시를 장난으로 자행하는 살생이자 생명에 대한 기만이라며 경멸하는 이가 여럿 있다.

올해 들어와서 나는 낚시를 그만두었다. 그러나 낚시 다니는 사람에 대해 그런 식으로 말하진 않는다. 모든 낚시꾼이 다 같은 낚시꾼이 아님을 잘 알기 때문이다.

그리고 또 하나 생각나는 공간은 요즘도 가끔 찾아가는 시골집이다. 못 하나 쓰지 않고 나무와 흙만으로 지었다. 그 집 다락방에선 창밖으로 고추와 배추 따위를 가꾸는 텃밭이 보인다. 그 너머 하늘 아래로 둥글게 펼쳐진 숲도 눈에 들어온다.

얼마 전 이천에서 가까운 올빼미 벗들과 어울려 밤을 밝히며 놀다가 차를 몰고 그 집을 향해서 새벽길을 달린 적이 있다. 막동이 트기 시작하는 국도에서 나는 한번 벌어진 입을 좀처럼 다물지 못했다. 온갖 구름을 한데 모아 펼쳐놓은 하늘이 갑자기 붉고 푸르고 노란 빛깔에 물들어갔다. 세상에 그런 장관이 또 없었다. 지상의 언어로 백분의 일이라도 제대로 표현하는 게 가능할 것 같지 않았다. 이 천상의 아름다움 앞에서 나는 온몸을 떨었다.

그날 숲 속 목조가옥에 이르러 다락방으로 올라가자마자 자리에 누웠다. 전날 밤을 꼬박 새웠기에 한꺼번에 피로가 몰려왔다. 베개를 베고 누운 자세에서도 창으로 저 멀리 큰키나무들이 보였다. 얼마간 나무와 하늘을 바라보다가 잠들었고, 점심때 잠깐 깨었다가 물 한 모금 안 마시고 다시 잤다. 끝없이 잠이 밀려왔다.

오후 서너 시쯤에 별안간 들려오는 쏴아쏴아 소리에 잠에서 깨어났다. 창밖을 내다보니 나무들이 한 번은 일제히 왼쪽으로 또 한 번은 일제히 오른쪽으로 온몸을 기울이기를 되풀이하고 있었다. 바람에 나뭇가지와 잎사귀가 쓸리는 소리는 강풍 속 빗소리와 흡사했다.

이윽고 실제로 소나기가 쏟아지기 시작했다. 돌풍이 일면서 온 세상이 요란한 춤을 추었다. 창을 마저 열자 비 냄새와 흙먼지 냄새가 날아 들어왔다. 나는 한기를 느끼고 이불을 목까지 당겨 덮었다. 어둑어둑한 다락방에 누운 나의 몸을 고독과 무상감과 죽음의 기운이 휘감았다. 온 살 온 뼈마디가 아파왔다. 스무 몇 살 때 기온이 사십 도까지 치솟던 복중에 방문을 걸어 잠그고 이불을 뒤집어쓴 채 오한에 떨며 앓던 일주일이 떠올랐다.

나는 두 눈을 꼭 감았다. 빗소리가 급속히 잦아드는 느낌이 들었을 때도 눈을 뜨지 않았다. 어느 순간에 주변이 너무나도 조용하여 눈꺼풀을 올렸다. 언제 비가 내렸느냐는 듯이 눈 시린 빛깔로 활짝 갠 하늘이 눈으로 빨려 들어왔다. 나뭇잎마다 석양 햇살이 가 닿아서 반짝거리고 있었다.

아까 저녁때 그 집 주인이 전화를 걸어왔다. 별일 없으면 내일 놀러 오라고 그는 말했다. 어쩌면 내일 이 시간에 나는 그 집에 있게 될 것이다. 그 다락방에서 잠자코 창밖을 내다보며, 나무와 하늘과 구름을 바라보고 새소리 가락을 음미하며 앉아 있게 될 것이다. 추억만이 아니라 현실 속에도 여전히 내게 이런 공간이 남아 있다는 사실에 감사해하면서.

【 낙산에 두고 온 여름 】

'세상에서 가장 행복한 건 끓는 쇳물 같은 술을 마시고 해변에서 낮잠 자는 일'이라고 랭보는 노래했다. 한때는 이 시구가 꽤나 그럴듯하면서 낭만적으로 여겨졌다. 열로써 열을 다스리게 만든다는 한방 처방도 떠올랐다.

몇 해 전 여름, 중국에 갔을 때였다. 새벽까지 술을 마시고 한두 시간 겨우 눈을 붙이고 일어나 아침을 거른 채 사막에 들어갔다. 전혀 술이 깨지 않은 상태에서 땡볕 아래 후끈후끈한 모래 위를 걷자니 이러다가 죽을 수도 있겠다는 느낌이 들었다. 그때 나는 알았다. 랭보가 나를 갖고 놀았으며, 세상에서 가장 불행한 건 알코올에 푹 젖은 몸으로 한낮 사막을 걷는 일임을!

내 나이 서른 살 나던 해의 이맘때 나는 직장에 다니고 있었다. 각자 바빠서 얼마간 연락이 뜸했던 여자에게서 어느 날 사무실로 전화가 걸려왔다. 여자는 자신이 지금 고속도로 휴게소에 있으며 여름휴가 여행을 떠나는 길이라고 말했다. 행선지를 묻자 머뭇거리더니 낙산이라고 말하곤 잘 지내라는 얘기를 끝으로 전화를 끊었다.

그날 내내, 그리고 다음날 오전에도 손에 일이 잡히지 않았다. 점심때가 지나서 영업부 쪽에서 두 직원이 책상을 정리하는 게 보였다. 그들은 막 강릉으로 여행을 떠나려던 참이었다. 그곳에서 낚시를 즐길 거라는 얘기도 들려왔다. 뒷일은 그때 가서 수습하기로 마음먹고 책상에 이런 메모를 남겼다.

'부득이한 사정으로 지금부터 휴가를 시작하고자 합니다. 잘 다녀오겠습니다.'

곧바로 영업부 직원들의 뒤를 쫓아 회사를 나섰다. 와이셔츠에 양복을 입은 차림으로 짐 가방은 물론이고 칫솔 하나도 없이 승합차에 올랐다.

해거름에 강릉 경포에 도착했다. 동료들은 밤새 낚시를 했다. 나는 차 속에서 의자를 뒤로 젖히고 누워 별을 헤아리다가 동틀녘에 잠깐 잠들었다. 아침에 두 동료는 장소를 옮겨 내륙으로 들어가 어느 늪에서 낚시를 재개했다. 그쯤에서 나는 그들과 헤어져 버스를 타고 낙산으로 갔다.

간밤에 차에서 줄곧 불편한 자세로 누워 있었던 탓에 허리가 끊어질 듯이 욱신거렸고, 대충 고양이 세수를 하고 옷도 안 갈아입은 상태여서 몸이고 정신이고 영 말씀이 아니었다. 낙산사에 들러, 내가 아는 여자가 어제 그 절에 여장을 풀었으며 좀 전에 설악산 대청봉으로 떠났다는 사실을 알아냈다. 다시 밑으로 내려가 해변을 거닐었다.

　양복 차림에 구두를 신은 사람은 나밖에 없었다. 뒤쪽에 드문 드문 나무가 서 있었지만 이미 피서객들이 그늘을 모두 차지하고 있었다. 내게 허락된 공간은 탁 트인 모래톱뿐이었다. 이쪽 끝에서 저쪽 끝까지 몇 번 오가다 보니 온몸이 땀에 흠뻑 젖었다. 햇살은 줄기차게 내 뺨을 후려치며 "야, 이 바보야. 조금 덥겠구나!" 하고 놀려댔다.

　그날 나는 예닐곱 시간을 모래사장에서 머물렀다. 해가 서녘 하늘 복판에 걸릴 즈음에 낙산사 쪽 실개천 곁의 간이주점으로 가서 소주를 시켰다. 모래를 한 줌 넣어 버무린 것 같은 소라를 땟국 냄새나는 간장에 찍어 먹으며 또 얼마간 땡볕과 싸웠다. 그리고 마침내, 드디어, 해가 꼴깍 넘어갔다.

　한 여자와 극적으로 해후한 건 밤 아홉 시가 넘었을 때였다. 그때부터 새벽 네 시까지 밤바다에서 시간을 보냈고 술도 더 들었다. 여자가 절로 올라간 뒤에 여관으로 갔을 땐 이미 동이 트는 시각이었다. 여관방은 동쪽으로 코끼리가 드나들어도 될 창이 나 있었다. 잠든 지 얼마 안 되어 햇살이 창으로 쏟아져 들어왔다. 햇살이 내게 반가이 외쳤다.

　"안녕! 여기 있었구나! 난 또 어디 갔나 했지!"

　그 방에서 햇볕을 피할 수 있는 곳은 천장밖에 없었다. 나는 한 마리 올빼미일 뿐이지 박쥐 인간도 스파이더 맨도 아니었다. 살아남기 위해선 방을 빠져 나가는 길밖에 없었다. 하지만 전날 심하게 더위를 먹은 데다가 늦도록 술을 마셨기에 손가락 하나 까

햇볕과 그림자의 경계선은 늘 날카롭고 명확하다. 그림자엔 방패와 물,
햇볕엔 칼과 불이 숨어 있기 때문이다. 만취하여 여름 햇볕 속에서 자는 사람을 보고
그냥 지나치는 건 인간도 아니다.

닥일 수 없었다.

내가 그곳에서 죽지 않고 살아서 지금 이 글을 쓰는 건 순전히
기적의 힘 덕분이다. 그 해 여름 바다에서 돌아온 뒤에도, 꽤 오
랫동안 눈부신 햇살만 보면 "흡!" 하고 비명이 새어 나가는 공포
증에 시달렸다.

사족: 업무 중에 무단이탈한 그 직장에서 곧 떨어져 나왔고, 두
어 달 지나서 만장하신 가족 친지 여러분께 내가 실업자라는 사
실을 숨기고 비원 앞 예식장에서 위의 여자와 결혼했다.

【 늑대와 악어의 눈물 】

　나와 내 친구들 거개가 아직 총각으로 살던 시절, 거의 비슷한 시기에 두 친구의 눈물을 보았다. 안구를 씻어내는 차원을 넘어서서 물 웅덩이라도 만들 듯이 뺨을 타고 줄줄 흐르는 눈물이었다. 오늘날 소설가가 돼 있는 한 친구에겐 '늑대', 시인이자 출판 평론가로 활동하는 또 다른 친구에겐 '악어'라는 별명을 붙여보겠다.

　늑대는 대학 때부터 한 여자와 연애를 해왔다. 그러던 어느 날 갑자기 늑대는 그 여자와 연락을 끊고 다른 여자를 만나기 시작했다. 도피 여행 비슷하게 지방으로 떠돌아다닐 때도 있었고, 모든 이에게 연락을 끊고 한 계절 종적을 감추기도 했다.

　일 년쯤 지나서 우연히 신촌의 아담한 카페에서 늑대는 옛 애인과 마주쳤다. 나도 그 자리에 있었는데, 일순간 구석에 쪼그리고 앉은 늑대의 옛 애인이 어깨를 들썩이며 훌쩍거리기 시작했다. 금세 좌중의 분위기가 무겁게 가라앉았다. 늑대를 돌아보았더니, 아 글쎄 이 친구도 고개를 푹 숙이고 심각한 표정으로 눈물을 흘리는 게 아닌가.

내가 늑대에게 물었다.

"너 지금 우냐?"

늑대가 동문서답했다.

"나도 인간이다."

서너 달 지났을 때, 나는 늑대가 옛 애인과 다시 결합했음을 알았다. 지금 늑대는 그 여자와 결혼하여 애 둘 낳고 십사오 년 넘게 잘살고 있다. 단둘이 있을 땐 서로 지지고 볶고 물어뜯을지 모르지만, 어쨌든 종종 천생연분이라는 찬사도 듣는다.

당시에 또 한 친구인 악어는 자신과 약혼까지 한 여자가 별안간 다른 남자를 만나면서 실의에 빠졌다. 악어는 나를 만날 때면 눈물을 철철 흘리며 몹시 괴로워했다. 피눈물이 바로 이런 거구나 하는 느낌이 들었다. 조명 탓인지 모르겠으나, 어느 날 찻집에서 이 친구가 또 울기에 얼굴을 바짝 들이대고 바라보니 눈물에 실제로 핏빛이 돌았다.

악어는 그 뒤로도 오래도록 눈물에 젖어 살았다. 그의 집에 가보면 모조리 이빨로 씹어놓아서 멀쩡한 유리컵이 한 개도 없었다. 저러다가 큰일 나지 싶었다. 나는 그가 엉뚱한 마음을 먹을까봐 걱정되어 매일 아침저녁으로 안부 전화를 넣었다. 이제나 저제나 그의 소원은 여자가 자신에게 돌아와주는 것이었다.

그 시기를 지나면서 일에 쫓기느라 나는 한동안 악어를 잊고

지냈다. 악어와 다시 만난 자리에서 그때 그 일에 대해 물어보았
다. 악어가 쓸쓸한 미소를 머금었다.

"얼마 전에 그 여자가 나를 찾아왔어. 사귀던 남자하고 헤어진
모양이야. 나하고 이전으로 돌아가기를 바라는 눈치였어. 그런데
전혀 그럴 마음이 일지 않더라구. 그래서 그냥 돌려보냈지."

그 즈음에 국내에서 개봉한 구소련 영화 중에 〈모스크바는 눈
물을 믿지 않는다〉라는 게 있었다. 악어의 경우를 겪고 난 뒤에,
나 또한 모스크바처럼 도무지 다른 사람들의 눈물을 못 믿겠다는
느낌 속에서 한때를 살았다.

【 불면증 이기는 방법 】

물을 가득 받은 세숫대야만 보아도 손끝이 근질근질해진다는
이가 있다. 낚시라면 사족을 못 쓰는 선배이다. 한겨울에도 일주
일에 하루는 꼭 낚시 가방을 메고 집을 나선다. 어느 해 성탄절
날 낚시하러 갔다가, 가까운 교회에서 뎅그렁 뎅그렁 종소리가
들려오는 것에 맞춰서 펑펑 쏟아지는 눈을 맞으며 신나게 붕어를
낚아 올리던 일을 곧잘 들려준다.

그는 당최 불면증이라는 걸 모른다. 간혹 몸은 피곤한데 쉽
게 잠이 오지 않을 때, 가만히 자리에 누워 눈을 감고 상상에 잠
긴다.

"먼저 고요하고 너른 저수지를 떠올리는 거야. 수초가 적당히
자라는 좋은 자리를 잡고 앉아서 낚싯대를 펴고 찌를 맞추고 천
천히 떡밥을 개지. 준비를 다 마치면 이제 몸을 뒤로 젖히고 느긋
하게 담배를 한 대 빼어 물지."

상상 속에서 그는 찌를 바라보며 한 모금 담배 연기를 길게 내뿜는다. 이윽고 물고기가 입질을 시작하여 찌가 간댕간댕 움직이는 게 보인다. 그리고 그걸로 그만이다. 직후에 언제 그랬느냐는 듯이 스르르 잠에 빠져든다는 것이다.

내 경우도 비슷한 불면증 치료법을 갖고 있다. 역사가 청년 시절로 거슬러 올라가느니만큼 상상하는 내용이 유치한 감이 없지 않다. 한때 대단한 인기를 누렸던 실베스터 스탤론 주연 영화 〈람보〉 시리즈와 흡사하다.

레이더에 잡히지 않는 비행기를 타고 야밤에 적진으로 날아 들어간다. 용감한 올빼미는 낙하산을 이용해 골짜기로 침투한다. 내 임무는 절벽 위의 성에 포로로 잡혀 있는 상관을 구하는 것이다. 밧줄을 타고 조심조심 절벽을 오른다. 나 또한 그 장면까지 상상하노라면 열 번에 일곱 번은 잠에 빠져든다. 성공률 칠 할이라면 가공할 성적이라고 할 만하다.

두세 살 무렵부터 딸아이가 잠이 안 와서 뒤척일 때 내가 머리맡에서 들려주는 이야기는 늘 똑같다. 토끼와 거북 이야기에 약간 살을 붙인 것이다.

"따뜻한 봄날에 언덕 밑에서 토끼와 거북이가 만났어. 둘은 누가 먼저 산꼭대기까지 올라가나 시합했지. 토끼가 먼저 언덕을 달려 올라갔어. 한참 가다가 돌아보니까, 까마득하게 먼 저 아래쪽에서 거북이가 느릿느릿 올라오고 있는 거야.

그때 옆에 선 아름드리 나무가 토끼의 눈에 들어왔어. 바람이 솔솔 불고, 흰 구름이 둥실둥실 떠가는 새파란 하늘. 토끼가 길게

하품했지. 하아아아아아, 아이고 졸려라. 나무 밑엔 돗자리가 깔려 있고, 예쁜 꽃무늬 베개도 놓여 있고, 그리고 베개 옆에 놓인 저것은 뭐지? 아하, 요구르트구나. 토끼는 곧바로 돗자리에 드러누워서 요구르트를 집어 들곤……."

더 길게 얘기할 필요가 없었다. 딸아이는 이미 꿈나라로 날아올라간 뒤였다. 이 아이는 젖먹이 때부터 요구르트를 꽤나 좋아했다. 많이 마실 땐 하루에 열 개 넘게 먹었다. 요즘도 다섯 개는 먹는다. 요구르트의 달콤한 맛에 대한 오랜 기억을 건드리는 것이 이 이야기의 핵심이다.

얼마 전에 몸이 고단해서 일찍 잠자리에 든 적이 있었다. 그런데 해진 뒤까지 날이 무더운 데다가 신경이 갈수록 날카로워져서 좀처럼 잠이 오지 않았다. 딸아이가 방으로 들어왔다.

"아빠, 내가 잠 잘 오게 얘기 하나 해줄까?"

고개를 끄덕거리자 딸아이는 손으로 나를 토닥거리며 읊조렸다.

"옛날 옛날에 토끼와 거북이가 경주를 시작했어. 언덕 중간쯤에 나무가 한 그루 서 있고, 바람이 솔솔 불고, 아아 졸려라."

딸아이는 내가 자신한테 쓰던 수법을 그대로 쓰고 있었다. 나는 그 아이만큼은 요구르트를 좋아하지 않았다. 그래서 끝까지 다 듣더라도 잠이 오지 않을 것 같았다. 아이의 얘기는 계속되었다.

"햐아, 정말 무지무지하게 졸립구나. 나무 밑엔 돗자리가 깔려 있고, 베개도 놓여 있고, 그리고 베개 옆에 놓여 있는 건 뭘까? 아

하, 리모컨이구나. 토끼는 돗자리에 드러누워서 리모컨을 집어
들었어."

　씨익 미소를 머금으면서 나는 곧 잠에 빠져들었다. 아이는 잘
알고 있었다. 아빠가 티브이 리모컨을 요구르트보다 좋아한다는
사실을.

【 말의 힘 】

오다가다 만나서 가까워진 내 친구 터빈(앞에 나온 박성학의 별칭으로, '빈터'를 뒤집은 것이다)은 어려서 집을 나온 뒤에 오랜 세월 바람처럼 홀로 떠돌며 살아왔다. 그는 싸움을 아주 잘한다. 실제로 권투 선수로 활동한 경력이 있지만 주먹을 잘 쓴다거나 발차기에 일가견이 있다는 게 아니다. 말 몇 마디로 상대를 꼼짝 못하게 만드는 기술이 뛰어나다는 얘기이다.

전국적으로 주민등록증을 새로 만들 때의 일이다. 면사무소에 사진을 제출하러 갔는데, 사무소 직원이 사진을 들여다보다가 입을 삐죽 내밀며 고개를 가로저었다.

"이거 안 되겠어요. 귀가 안 나왔잖소!"

머리를 길게 길러서 귀를 덮은 사진을 보고 하는 소리였다. 터빈이 되물었다.

"아, 그렇군요. 귀가 나오면 된다는 말씀이군요?"

상대는 고개를 끄덕이곤 한입으로 두 말 하기 싫다는 얼굴로 홱 돌아서버렸다. 그곳을 나선 터빈은 사진관으로 갔다. 옆으로 몸을 틀고 의자에 앉아서 머리칼을 쓸어 올려 뒤로 넘기고, 귀를 한껏 드러내 보이며 사진관 주인에게 부탁했다.

"다른 부위는 안 나와도 됩니다."

얼굴은 전혀 안 보이고 말 그대로 귀만 대문짝만하게 나온 사진을 받아 들고 다시 면사무소로 갔다. 직원에게 사진을 건넸다.

"자, 됐지요?"

사진을 들여다보던 직원은 '내가 졌소' 하는 얼굴로 두 팔을 벌렸다.

"먼젓번 사진이 더 낫겠어요."

한번은 어느 산골짜기 산장에서 겨울을 보내는데 저녁 어스름에 누군가 문을 쾅쾅 두드렸다. 문을 여니 거만한 얼굴의 사내가 문 앞에 버티고 서서 하룻밤 신세를 지자고 말했다. 눈보라치고 바람이 쌩쌩 부는 날씨여서 그를 안으로 들여 잠자리를 만들어주려 했다.

그런데 터빈이 잠시 머뭇대는 사이에, 상대는 좀더 강하게 밀어붙여야겠다고 생각했는지 지갑에서 신분증을 꺼내 눈앞에 들이댔다.

"나, 이런 사람이오."

순간 입맛이 싹 가신 내 친구는 문을 닫으며 대꾸했다.

"그렇다면 여기 좀 서 계셔야겠소."

그날 터빈은 밤이 깊어 그 사내가 "제발 문 좀" 하고 빌며 우는

소리를 낸 다음에야 다시 문을 열어주었다. 상대는 이미 동태가
돼 있었다.

어느 날 산장 옆에 한 떼의 사람들이 모여 텐트를 쳐놓고 밤늦
도록 마이크를 들고 노래를 부르며 놀았다. 군청에 소속된 가짜
올빼미들이었다. 참다못한 내 친구가 그들에게 다가갔다.

"잠자는 다른 사람들 생각도 해야지요."

한 사내가 앞으로 나서며 받아쳤다.

"우리 군수님한테서 허가 받았어요. 여기서 텐트 치고 놀아도
된다는 허가 말이오."

터빈이 손을 내밀었다.

"허가증 이리 내봐요."

상대는 즉시 주춤거렸고, 또 다른 사내가 끼어들어 힘주어 말
했다.

"삼십 분만 더 놉시다."

"당장 마이크 끄지 않으면 내일 아침 해 뜨자마자 군청으로 달
려가서 당신네 군수님 책상 뒤집어놓겠소."

얼마 전에 터빈은 친구들과 시원한 계곡에서 야영하며 며칠을
보냈다. 텐트를 쳐놓고 밥을 지어먹어도 되는 곳이었다. 어느 날
오후에 환경 정화위원인가 뭔가 하는 자가 텐트 앞으로 불쑥 나
타났다. 워낙 깨끗하게 잘 치워가며 놀고 있었기에 시비를 걸 만
한 건더기가 전혀 없었다.

그러니 그냥 돌아가면 될 것을, 그자는 대뜸 신분증을 꺼내서
코앞에 들이댔다가 도로 싹 집어넣으며 잔소리를 늘어놓았다. 터

빈은 최대한 공손한 자세로 앞으로 두 손을 모아서 쥐고 그의 얘기를 경청했다.

"이런 데 들어와서 마구잡이로 자연 훼손하는 인간들, 다 잡아 넣어 콩밥 좀 먹여야 해요. 불 피울 땐 불똥 튀지 않도록 두 눈 똑바로 뜨고 지켜보도록 해요. 불 한번 나면 막대한 손해가 발생해요. 이 나무 모두 국민의 재산이에요. 쓰레기 하나도 남김없이 다 갖고 돌아가요. 나는 더럽고 지저분한 건 딱 질색이오."

바로 그때 터빈은 고개를 갸웃거리며 상대의 얼굴을 뚫어지게 쳐다보았다. 그러자 그자는 멈칫하며 영원히 계속될 것 같던 설교를 멈추었다.

터빈이 차분한 목소리로 그에게 말했다.

"정말 훌륭한 일을 하는 분이시군요. 존경스럽습니다. 그런데 외람되지만 한 가지 꼭 말씀드리고 싶은 게 있습니다. 어째 보기에 안 좋군요. 눈곱을 좀 떼고 말씀하시면 말씀에 더욱 품위가 생기고 설득력도 더할 것 같은데 어떻게 생각하십니까?"

당황한 상대는 등을 돌리고 돌아서더니 손가락으로 재빨리 눈곱을 떼어냈다. 곧 이어 뒤도 안 돌아보고 잰걸음으로 그 자리를 떴다.

【 욕쟁이와 건달들 】

재작년 여름에 두 번째 보스 자리를 차지하고자 싸우는 건달들을 다룬 국산 영화 〈넘버 쓰리〉를 비디오로 보았다. 한 가지 흥미로운 점이 눈에 잡혔다. 건달들은 물론이고 검사라는 양반이 무슨 말인가를 할 때면 분명히 입술을 달싹이는데도 대사가 전혀 들리지 않았다. 입 모양을 자세히 관찰해 보았다. 그 결과 그들이 그 순간에 욕설을 내뱉고 있음을 알 수 있었다.

그때 나는 그 영화를 만든 감독과 제작자 모두가 참으로 존경스럽게 여겨졌다. 청소년들에게 해가 될까 우려하여, 욕을 할 때 소리는 내지 않고 입만 실룩이게 했구나!

올봄에 가족과 함께 재개봉관으로 〈인정사정 볼 것 없다〉를 보러 갔다. '12세 이상 입장 가' 니까 초등학교 오륙 학년생부터는 봐도 되는 영화였다. 주인공 안성기는 킬러인데 애당초 대사가 전혀 주어지지 않은 배역이었다. 그런데 또 다른 주인공인 형사 박중훈은 입술을 뗐다 하면 욕이었다.

귀가 따가울 지경인 데다가 곁에 앉은 아내와 아이가 신경 쓰여서 영화를 보는 내내 정신이 하나도 없었다. 시종일관 박중훈이 인정사정 볼 것 없이 쏟아낸 욕을 모으면 책 한 권은 될 것 같았다. 나는 두 해 전에 본 〈넘버 쓰리〉를 떠올리고 실소를 머금었다. 그 영화도 원래 욕설을 입으로 발음하며 촬영했는데 검열 과정에서 묵음 처리를 한 것임을 이제야 알아챈 것이다.

최근에 더위를 먹어서 기운이 쪽 빠진 올빼미는 야밤에 비디오로 우리나라 영화를 여러 편 또 보았다. 이제 더 이상 묵음 처리라는 건 찾아볼 수 없었고 모든 영화에서 반드시 욕쟁이가 등장했다. 욕쟁이들은 올봄에 본 영화 주인공들의 양쪽 뺨을 타다닥 후려치고도 남을 정도로 욕이 입에 착 붙었다. 아무 때나 조금도 머뭇거리는 일 없이 마구 욕설을 퍼부었다. 영화를 보고 나니 몸이 곱절로 뜨거워졌다.

초등학생 딸아이에게 물어보았다.

"너희 반 애들, 욕 잘하니?"

아이가 낯을 찌푸리며 대답했다.

"갈수록 더해. 남자애들은 두 명 빼고 나머지 열일곱은 입만 열면 욕이야. 여자애들도 여러 명 그렇고."

"걔네들이 가장 자주 입에 올리는 욕은?"

"첫째는 개가 나오는 욕. 두 번째는 열[10]을 나쁘게 바꿔서 강아지와 합한 욕."

"그 다음은?"

이 대목에서 아이는 아빠가 오늘따라 별걸 다 묻는다는 얼굴로 쳐다보았다. 그리고 더는 대답하기를 꺼렸다.

내가 사는 동네엔 중고등학교가 대거 몰려 있다. 산보하다 보면 하교 길에 학생들이 큰 소리로 나누는 대화가 들려온다. 곱살하게 생긴 여중생이나 우락부락한 남자 고등학생이나 어찌나 거침없이 얘기 속에 욕을 줄줄이 집어넣는지 저절로 입이 벌어진다. 한결같이 보통 농도가 짙은 욕이 아니어서 무심히 들으면 개

치악산 국형사 강아지. 녀석에게 갈 때면 늘 과자를 준비한다.
어찌나 군것질을 좋아하는지, 먼발치에서 내가 나타나면 자다가도
벌떡 일어나 달려온다. 강아지나 어린애나 똑같다.

들이 흘레붙는 광경을 생중계하는 소리처럼 들린다.

나 자신의 정서에 안 좋을 것 같아서 시청을 멈춘 티브이 드라마 가운데 어린아이들도 즐겨 본다는 일일 드라마가 있다. 그날 안 보면 다음날 학교에서 따돌림당하기 십상이란다. 이 드라마에선 "이 자식이?" "저놈이 정말?" 정도는 욕도 아니다. 외손녀 앞에서 장인이 사위를 "이놈아" 하고 부르니 말 다했다. 어린애이건 여대생이건 애 아빠이건 "씨이 씨이" 소리를 입에 달고 다닌다.

욕쟁이 영화, 욕쟁이 드라마를 만드는 이들은 인터뷰에서 눈을 똑바로 뜨고 둘러댄다.

"요즘 욕은 욕이 아닙니다. 별 뜻 없는 간투사나 군말에 가깝지요. 그리고 영화나 드라마는 세태를 반영하는 것이므로, 욕을 넣어야 할 땐 최대한 넣어야 현실감이 살아납니다."

이런 의문을 띄워보는 건 어떨까? 바로 그런 영상물이 요즘 청소년들의 세계에서 욕설이 난무하게 만든 주범이 아닐까 하고 말이다.

"아이고, 정말 너무하시네? 우리는 걔네들보다 순진한 사람들입니다. 걔네가 하도 욕을 많이 해대서 우리 입까지 오염될까 봐 걱정되는 판에 어떻게 거꾸로 얘기하시는 겁니까? 씨이."

이렇게 얼굴을 붉히며 항변하는 이가 있다면, 언제 뒷골목에서 나 좀 보자.

【 냉장고의 모든 것 】

나는 비쩍 마른 사람보다는 풍만한 사람이 한결 건강하다고 믿는 쪽이다. 그리고 먹고 싶은 걸 양껏 먹고 운동 열심히 하는 게 건강의 지름길이라고 여긴다. 신장에서 얼마를 빼서 그걸로 체중을 나누고 또 어쩌고 하는 이른바 '정상 체중 측정표'라는 것, 확언하건대 그런 건 일부 의사와 약사들이 다이어트 산업계와 짜고 치는 고스톱 도중에 나온 것이다.

혹시 아시는가? 학계에 보고되어 있듯이, 지방질 탐식을 유발하는 건 지방질에 대한 혐오와 공포라는 사실을! 일부러 안 먹으려고 애쓸수록 우리의 뇌는 더욱더 그걸 먹고 싶은 충동을 부추긴다. 이것이 바로 그 유명한 '금기와 억압과 욕망'의 삼각관계이다.

냉장고가 여왕 대접을 받는 이 계절에, 무엇보다 냉장고를 두려워하면서도 쉴 새 없이 냉장고 문을 여는 이들이 있다. 살찌는 걸 겁내는 동시에 줄기차게 먹어대는 이들이다. 그렇다고 음식물을 신선하게 유지해 주는 냉장고를 없앨 수는 없으니 딱한 노릇이 아닐 수 없다. 그들에게 냉장고에 관련된 몇 가지 다이어트 방법을 일러줄 터이니 참조하기 바란다.

1. 냉장고에 자물쇠를 열 개쯤 단다. 당연히 열쇠 숫자도 열 개가 될 것이다.

모든 열쇠를 제각각 쉽사리 꺼내기 힘든 곳에 놔둔다. 의자에 올라서서 발뒤꿈치를 떼야 겨우 손이 닿는 선반 위에 하나 놔두고, 이불장 맨 아래 서랍을 열고 엎드려 어깨가 빠질 정도로 팔을 뻗어야 닿는 곳에 또 하나 넣어두고, 옆집 높은 담 위에도 하나 놔두고, 또……

냉장고를 한 번 열 때마다 진땀깨나 흘리지 않을 수 없을 것이다. 옆집 담에 올라갔다가 떨어졌을 땐 119 구급차를 타고 병원부터 다녀와야 한다. 결국 열쇠를 모두 찾아서 냉장고 문을 열기 전에 식욕이 어디론가 사라져버릴 것이다.

2. 냉장고를 벽 쪽으로 문이 향하게 해서 바짝 붙여놓는다.

냉장고 문을 열려면 먼저 낑낑대며 냉장고를 돌려놓는 수고를 해야 한다. 이 방법의 핵심은 남에게 알려져선 정말 곤란한 자신의 비밀을 종이에 낱낱이 적어서 냉장고 문에 붙이는 것이다. 불시에 누가 방문해서 그 메모지를 볼지 모른다. 따라서 계속하여 냉장고를 거꾸로 놔두고 지내야 한다.

메모지에 적힌 내용으로 이런 게 있을 수 있다.

'나는 하루에 방귀를 오백 번쯤 뀐다. 나는 가끔 자다가 오줌을 싼다. 나는 한 달에 한 번 속옷을 갈아입는다. 나는 부장님의 부인을 짝사랑하고 있다.'

3. 냉장고 문을 열 때마다 돼지 울음소리가 나도록 녹음 시설을 해놓는다.

그 소리를 듣는 순간 식욕이 싹 가실 것이다. 미스코리아 선발 대회 실황 중계방송 소리가 들리게 해놓아도 효과가 있다. 사회자가 후보에게 묻는다.

"몸매 관리를 위해 하루에 몇 끼 드십니까?"

"한 끼요. 어떤 날은 과일 하나로 때우지요. 하루에 두 끼씩 먹는다는 사람을 보면 살찌려고 발악하는구나 하는 느낌이 들어요."

4. 하루에 냉장고 문을 열 번째 열 경우엔 즉시 냉장고가 터지도록 폭발물 장치를 해놓는다.

집을 통째로 날려버릴 만큼 성능이 뛰어난 폭발물이 필요하다. 다섯 번이나 여섯 번쯤 냉장고 문을 열 때까진 느긋할 수 있겠지만, 그 수치를 넘어가면 불안감이 증폭된다. 혹시 지금 문을 열면 열 번째 여는 게 아닐까 하는 불안감 말이다.

5. 가장 좋은 방법은 아예 냉장고 문을 없애는 것이다.

냉장고 앞을 지나칠 때마다 안에 든 음식물이 고스란히 눈에 들어올 터이므로, 그때그때 유혹에 넘어가서 음식물을 모조리 꺼내 먹게 될 것이다.

과식은 반드시 탈을 부르게 돼 있다. 배탈 나서 호되게 고생하면 음식물을 보기만 해도 구역질이 날 것이다. 담배를 끊는 방법에도 이와 비슷한 게 있다고 들었다. 한꺼번에 담배 열네댓 개비에 불을 붙여서 입에 물고 연기를 빠는 방법 말이다. 무지막지해 보이지만 효과는 그만이란다.

우리는 냉장고를 음식물을 보관하는 장소로만 알고 있다. 하지만 조금만 머리를 쓰면 다양한 응용이 가능하다. 예를 들면 이런 것들이 있다.

1. 여름 휴가철 같은 때 집을 여러 날 비울 경우에 도둑이 신경 쓰이기 마련이다. 그때마다 냉장고를 금고로 쓸 수 있다. 보석 같은 귀중품이나 현금을 냉장고에 넣어두라. 특히 냉동실을 이용하면 잡다한 세균을 동사시키는 부수입이 따른다.

"나 원 참, 그건 이미 낡을 대로 낡은 수법이오!"

그러면서 코웃음 치는 이가 있을지 모르겠으나 절대로 그렇지 않다. 앞에서 얘기했듯이 나 자신 몇 해 전에 집이 털린 적이 있는데, 옷장과 책상 서랍과 책장 모두 엉망으로 어질러졌지만 냉장고엔 전혀 손을 댄 흔적이 없었다.

그러나 몹시 배고픈 도둑이 침입할 가능성을 항상 염두에 두어야 한다. 이런 도둑은 일단 배부터 채우고 나서 물건을 담을 가방 지퍼를 연다.

냉장고 앞에 한 상 푸짐하게 차려놓고 집을 비우면, 밥을 굶은 도둑의 손에 냉장고 문이 열리는 불상사를 피할 수 있다. 마실 물도 잔에 가득 따라서 내놓는 걸 잊어선 안 된다. 도둑이 어떤 음료수를 좋아할지 알 수 없으므로, 콜라 사이다 오렌지주스 사과주스 등등 갖가지 음료수 캔을 상 위에 쫙 진열해 놓으면 금상첨화이다.

2. 운동 부족으로 고민이 많은 이들은 냉장고를 운동 기구로 쓸 수 있다. 요즘 골목에 나가보면 내다버린 냉장고가 널려 있다. 집에 있는 냉장고와 높이가 비슷한 냉장고를 골라 집으로 들여라.

두 냉장고를 적당한 간격으로 벌려 놓으면 평행봉이나 팔굽혀펴기 기구, 뜀틀, 안마로 쓸 수 있다. 운동하다가 출출할 땐 멀리 갈 필요가 없다. 곧바로 냉장고 문을 열어서 음식을 먹으면 된다.

3. 세상엔 낮은 침대를 선호하는 사람이 있는 반면에, 침대가 어느 정도 높이는 되어야 스릴이 있어 잠이 잘 온다는 이들이 있다. 암벽 등반가나 번지 점프를 즐기는 자들이 그러하다.

고물 냉장고를 서너 개쯤 들여다가 잇대어 붙여놓고 그 위에 요를 깔고 누우면 욕구를 채울 수 있다. 또한 냉장고의 웅웅거리는 소리는 비행기에서 잠자는 느낌을 선사한다. 해외여행에 대한 갈증이 심한 자들에게 이런 침대를 권한다.

4. 어렸을 때 어른들한테 꾸지람 들은 뒤에, 몰래 다락방에 올라가서 한나절 달콤한 휴식을 취한 경험을 지닌 이들이 있을 것이다. 그때의 다락방은 최상의 아늑한 도피처로서 무한에 가까운 자유와 안락감을 만끽하게 해주었다. 가족들한테 간섭받지 않고 홀로 조용한 시간을 보내고 싶을 때, 냉장고를 어린 시절 다락방으로 활용하라.

냉장고 속에 장시간 들어앉아 있으려면 추위에 적잖이 시달릴 걸 각오해야겠지만, 자유엔 다 그만한 희생이 따르는 법이다. 부모한테 혼난 뒤에 갈 수 있는 곳이라곤 눈보라가 휘몰아치는 들판뿐인 에스키모 어린이들보단 한결 처지가 낫다. 그리고 여러분의 경우엔 냉장고의 음식이 빼앗긴 열량을 보충해 줄 것이다.

【 괴짜와 붕어빵 】

나는 1996년에 발표한 우화소설 『별똥별』에서 생각이나 행동 모두 특이한 무라비라는 사내를 주인공으로 등장시켰다. 그는 하루에 한 끼는 물구나무를 선 채 밥을 먹으며 책을 뒤에서부터 앞으로 읽는다. 방귀를 뀔 때마다 벽에 발톱 자국을 하나씩 내고, 철봉대에 올라가서 꽈배기를 꼰 상태로 낮잠을 자며, 날콩을 즐길 뿐 아니라 수박과 소라를 껍질째 먹는다.

무라비는 특별한 사람이 되고 싶은 욕구가 강한 사람이다. 달리 말하면 남들과 똑같이 사는 걸 죽기보다 싫어하는 인간이다. 이 젊은이는 타고난 상상력을 발휘하여 전 국민의 구십 퍼센트가 앓는 관절염 치료법을 개발해 낸다. 이 방법의 핵심은 뒷걸음질이다. 얼마 전에 신문을 보니 실제로 뒷걸음질이 관절염에 좋다는 연구 결과가 나왔다고 한다.

내가 그런 우화를 구상한 건 어린 시절 경험 때문이었다. 당시에 나는 이따금 지금까지 살아온 방식과 다르게 살고 싶은 욕구에 사로잡혔다. 그래서 가장 먼저 실험에 옮긴 게 뒤로 걷는 것이었다. 뒷간에 갈 때면 마루 끝에서 신발을 신는 순간부터 뒷간 앞에 이를 때까지 줄곧 뒷걸음질했고, 뒷간 속에서도 거꾸로 앉아 일을 보았다. 바로 그 순간에 나처럼 행동하는 사람은 이 세상 어디에도 없으리라는 생각에 적지 않은 뿌듯함을 맛보았다.

『별똥별』의 무라비 같은 사람을 흔히 괴짜라고 부른다. 내가 대학에 다닐 때만 해도 이런 괴짜를 심심치 않게 대할 수 있었다. 선배 하나는 늘 까만 고무신을 신고 까만 옷을 입었으며 허리에 혁대 대신 넥타이를 둘렀다. 그가 지나가면 행인들이 발을 멈추고 돌아보며 쿡쿡댔다. 개의치 않고 그는 정면을 응시하고 당당하게 두 팔을 흔들며 걸어갔다.

지난 역사에서 특히 예술가와 문인 중에 괴짜가 많음을 알 수 있다. 기상천외한 상상 세계를 펼쳐 보인 초현실주의 화가 살바도르 달리의 기행은 이루 다 헤아리기 힘들다. 그는 파리에서 한낮에 개미핥기를 끌고 돌아다녔다. 고양이나 개를 끌고 지나가던 이들은 그를 보는 순간 자신이 좀 초라하게 여겨졌을 것이다.

혁명이 벌어지면 그곳이 어디든 만사 젖혀두고 달려간 시인 바이런과 소설가 헤밍웨이, 일반 상식으로는 쉽게 이해되지 않는 일탈된 연애에 몰입한 니체와 카프카와 셸리, 일평생 생활 방식을 숱하게 개혁하고 바꾸면서 정열과 야망이 넘치는 삶을 산 피카소, 감옥을 자기 집처럼 드나들며 기존 제도의 억압에 격렬하게 저항한 장 주네와 사드 후작.

우리나라 문단에도 한때 이런 괴짜가 차고 넘쳤다. 시인 김관식은 막걸리가 든 주전자를 문 위에 매달아두었다. 방을 드나들 때마다 주전자 주둥이를 입에 물고 막걸리를 한 모금씩 마셔 목을 축였다.

박용래는 울다가 세월을 다 보낸 시인이었다. 어느 겨울날 아침에 소설가 이문구를 만난 식당에서, 창밖에 함박눈이 쏟아지는 걸 바라보며 만주에서 지낸 젊은 날을 회상하면서 눈물을 펑펑 쏟았다. 창 하나를 사이에 두고 안팎으로 제각각 눈과 눈물이 펑펑 쏟아지는 이 장관은 이문구의 연작 소설집 『관촌수필』에 나온다.

그는 성품이 선량하고 어린이처럼 순진무구한 사람으로 전한다. 그래서 그토록 눈물이 많았던 게 아닌가 여겨진다. 서울 신촌역 앞에서도 눈물을 쏟은 적이 있다. 그를 문단에 추천한 박두진 시인이 생전에 대학원 강의 중에 직접 들려주신 이야기이다.

어느 날 박용래가 서울에 올라왔다. 신촌역 근처에서 만난 두 시인은 함께 저녁을 들었다. 밤이 깊어 집으로 돌아갈 때가 되자 박두진 시인은 그에게 역 앞 여관을 잡아주었다. 그런데 박용래는 여관방으로 들어갈 생각을 하지 않고 우두커니 서 있더니 급기야 울음을 터뜨렸다. 한참 만에 손등으로 눈물을 닦으며 말했다.

"선생님 뵈러 일부러 올라왔습니다. 선생님 댁에서 재워주세요. 빈 방이 없으면 마당도 괜찮습니다."

천상병 시인도 대단한 괴짜였던 걸로 전한다. 길에서 안면이

봉숭아꽃과 변기가 만나면,
상식과 도덕은 괴로워
미치려 하고
예술과 탐구열은 박수 치며
즐거워한다.
무엇이 진정으로 추하고
무엇이 진정으로 아름다운지,
이걸 고민하는 일로도
인생은 짧다.

있는 사람을 만나면 대뜸 손을 내밀며 "나 오백 원만 줘" 하고 말했다. 그 돈으로 막걸리를 받아 마시며 이 세상 누구보다 행복해했다.

나는 생전의 그를 딱 한 번 인사동 〈귀천〉에서 보았다. 지금도 성씨를 따서 '목 여사'로 통하는 그의 아내가 운영하는 찻집인데 모과차가 특히 맛있다. 그곳에서 그는 입을 꾹 다문 얼굴로 구석 자리에 미동도 없이 앉아 있었다. 마치 이 세상 모든 잡사에서 풀려난 듯한 표정, 이곳이 아닌 머나먼 다른 세상을 바라보는 눈빛이었다.

발가벗은 채 소를 타고 서울 거리를 돌아다닌 건 누구였더라? 공초 오상순? 수주 변영로? 수주가 문우들과 돌아다니며 남긴 기행은 저서 『명정 사십년』에 기록돼 있다. 경탄을 자아내고 배꼽을 잡게 만드는 삽화들이 가득하다. 비록 시대는 어둡고 빈한했지만, 그들 모두가 무한한 자유와 정열과 삶의 희열을 온몸으로 추구하며 살았다.

온종일 부슬부슬 비가 내리는 창밖을 멍하니 내다보자니 몇 해 전 여름날이 선명하게 떠오른다. 오늘처럼 날이 궂은 한낮에 우산을 쓰고 동네에 산보 나갔다가 중고등학교가 여럿 모인 곳을 지나가게 되었다. 때마침 학생들이 거리로 쏟아져 나오고 있었다. 나는 무심코 맞은편에서 걸어오는 세 여학생에게 눈길을 주었다. 순간 불현듯 온몸에서 소름이 돋았다. 처음엔 그 이유를 알지 못했다.

돌아서서 그들의 차림새와 용모를 다시 살폈다. 세 여학생 모두 머리 모양새가 똑같았다. 길게 빗어 아무렇게나 바람에 나부끼게 펼쳐놓은 모습이었다. 티브이 납량 특집에 단골로 등장하던 공동묘지 귀신과 조금도 다르지 않았다. 내가 어렸을 때 할머니는 며칠에 한 번씩 공들여 머리를 빗어서 뒤로 틀어 올려 쪽을 찌는 의식을 치르셨다. 여학생들의 머리 모양새는 앞으로 길게 내려 참빗으로 빗을 때의 할머니 머리와 닮아 보였다.

그 여학생들을 지나치자 또 다른 여학생 한 무리가 내 앞쪽으로 걸어왔다. 이들도 하나같이 머리를 풀어헤친 모습이었다. 비 내리는 어두운 거리에서 나는 갑자기 유전자 복제를 한 귀신들한테 포위당한 느낌이었다. 독자성과 개성이 사라진 세계가 찍어낸 붕어빵들이 선사하는 공포! 그만 등골이 오싹해져서 걸음아 나 살려라 하고 서둘러 집으로 돌아왔다.

가을

머나먼 세월 저편의 기억 속에서

저들 두 연인은 내게서 차츰 멀어져간다.

그들을 에워싼 어둑한 풍경과

서늘한 기운마저도

여간 은밀하고 다감하지 않다.

【 어린 시절 먹을거리 】

새벽에 작업실을 나서 안개를 헤치며 강가로 산책 나갔다가 돌아오면서 밤을 잔뜩 주워 왔다. 그걸 삶아놓고 오전 내내 간식으로 먹었다. 낮에 뒷산에 올라갔을 땐 "툭 툭 툭 툭" 하고 굵은 빗방울 듣는 소리를 내며 도토리가 떨어지고 있었다. 모자를 벗어 도토리를 담았다. 금세 모자가 두둑해졌다. 시골 사람은 조금만 부지런하면 배를 곯을 일이 없다는 얘기가 실감나면서 나의 어린 시절이 스쳐갔다.

내가 태어난 동네엔 오른쪽으로 강에 바짝 다가간 곳에 신석기 시대 유적지가 있다. 그 옛날 움집터를 되살리고 토기와 돌도끼 같은 유물을 진열해 놓았다. 온갖 나무가 숲을 이루었고, 때 되면 다채로운 꽃이 만발하여 우리 가족이 즐겨 찾아가서 거니는 곳이다. 전시관 벽엔 가죽옷을 입은 원시인들이 강에서 작살로 물고기를 잡고 들짐승을 사냥하는 그림이 그려져 있다.

한창 시 쓰기에 열중하던 시절에 내 별명은 '원시인'이었다. 성씨가 그러하고 하는 일이 또 그러해서 친구들이 붙인 별명이다. 지금은 옛 모습을 찾을 길 없는 번잡한 동네로 탈바꿈했지만, 태어나서 자란 곳이 선사 시대 유적지이니 스스로도 그럴듯한 별명으로 여겨진다.

원시인답게 어린 시절에 나는 집에서 먹는 밥 이외의 먹을거리를 대부분 채취를 통해서 얻어냈다. 가장 먼저 떠오르는 건 풀밭마다 지천이었던 까마중이다. 까마중의 큰형님뻘인 포도를 먹어 본 건 꽤 머리가 커진 뒤의 일이어서, 한동안 나는 책에 나오는 포도와 까마중을 혼동했다. 검정색에 가까운 짙은 보랏빛에 맛이 달짝지근한 까마중은 코흘리개 시절의 주된 간식이었다.

다음으로 '마'라고 불렀던 식물 뿌리가 생각난다. 벌건 흙이 드러난 자리마다 아이들이 떼 지어 쪼그리고 앉아서 국숫발 같은 뿌리를 캐 먹었다. 손가락이나 나뭇가지로 땅을 파고 들어가면 흰 빛깔 뿌리가 끝이 어딘지 모르게 계속 모습을 드러냈다. 날고구마 맛이 나는 마 뿌리를 먹는 아이들의 입가엔 젖빛 침이 주르르 흘렀다.

너나없이 얼굴에서 긴 겨울과 봄날에 만개했던 버짐이 가시면서 붉은빛이 두드러지는 건 여름과 가을날이었다. 산과 들판에 먹을 게 널린 까닭이었다. 산딸기와 다래, 머루를 처음 맛보았을 때의 느낌은 지금도 혀끝에 각별한 감각으로 남아 있다. 텃밭에서 자라는 호박꽃 암술을 따서 한번에 쭉 빨아들일 때의 꿀맛 또한 잊을 수 없다.

기와를 얹었으니 대단한 호사를 누리는 담이다. 구멍마다 날짐승 새끼가
들어 있을 것 같다. 담 벽에 박힌 돌덩이들은 사람의 눈과 코를 닮았다.
하나같이 부리부리하고 두툼한 것이, 사람으로 태어났다면 돈 좀 만졌겠다.

　벼 잎사귀처럼 생긴 날카롭고 길쭉한 잎 속에 시커먼 가루를
잔뜩 품고 있던 잡초는 '피'로 여겨진다. 쌉싸래한 맛이 나는 그
가루를 핥아먹는 것도 아이들의 큰 즐거움이었다. 예닐곱 살이
지나면서 이윽고 이런 일에 시들해지면, 아이들은 수렵을 위해
고무신을 벗어 들고 들판 너머로 달려갔다.

　웅덩이에서 개구리를 잡아 뒷다리를 나뭇가지 불에 구워 먹었
고, 어떤 아이들은 미꾸라지와 붕어와 피라미를 잡아 올려서 요
령껏 익혀 먹었다. 땡볕 속에서 논둑길을 오가며 허공을 뿌옇게

덮고 날아다니는 메뚜기를 쫓다 보면 금세 하루해가 저물었다. 유리병에 가득한 메뚜기를 집으로 가져가 프라이팬에 기름을 둘러 튀겨 먹었다. 먹어도 먹어도 남아서 나중엔 병째 내버렸다.

또 하나 잊을 수 없는 게 있다. 삼촌이 사다리를 타고 두 다리를 부들부들 떨며 지붕에 올라가서 기와 밑 둥지를 뒤져 잡아다가 연탄불에 구워준 참새. 오독오독 씹히면서 입 속에 모든 침이 고이게 만드는 그 고소한 맛이란! 포장마차에서 참새로 속여 내놓는 병아리나 새끼 메추라기로선 감히 넘볼 수 없는 맛이었다.

어떤 때 우리는 마당에서 개미핥기로 돌변했다. 개미를 한 마리씩 잡아서 똥구멍을 혀로 핥고 도로 놔주었다. 개미 똥구멍의 톡 쏘는 신맛을 나중에 식초를 통해 다시 맛보았을 때, 나는 어른들이 이 세상 개미를 다 잡아 으깨서 식초를 만든 걸로 오해했다.

가을걷이가 끝난 밭을 돌아다니며 어른들이 흘린 콩이나 고구마를 주워 먹는 일도 우리의 허기를 어지간히 덜어주었다. 그러나 그때가 지나면 온 세상에 빠르게 서리가 내리고 겨드랑이로 찬바람이 파고들기 시작했다. 자연히 하루가 다르게 아이들의 먹을거리는 씨가 말라갔다.

겨울날 우리 집 앞마당에선 매일 아이들이 모여 사방치기와 고무줄놀이를 하며 놀았다. 집으로 불려 들어가서 밥을 먹고 돌아나오는 아이들의 손엔 늘 몰래 챙긴 반찬이 쥐어져 있었다. 윗집 여자아이는 늘 '짠지'(소금에 절인 무)를 한 움큼 손에 들고 먹었다. 아이들은 짠지라는 별명을 지닌 그 아이 곁에 잘 가려 하지 않았다. 방귀를 뀔 때면 지독한 짠지 냄새가 났기 때문이다.

내 손에 쥐어져 있던 음식의 정체도 밝히는 게 좋겠다. 우리 집은 검은콩을 둔 밥을 자주 먹었다. 식사 때 나는 입속에서 혀를 굴려 솜씨 좋게 콩만 발라내서 손바닥에 모았다. 나중에 밖에 나가 놀 때 그걸 하나씩 먹었다.

그처럼 식사 뒤에 음식을 조금씩 들고 나와서 먹는 것이 일종의 의무이자 의식이던 시절이었다. 굶지 않고 밥을 먹었음을 알리는 동시에, 누군가 원하는 아이가 있을 땐 서로 나눠 먹기 위해서였다. 무언가를 먹다가 다른 아이한테 들켰을 때, 그 아이가 큰 소리로 "봤다!" 하고 외치면 즉시 무조건 같이 나눠 먹어야 한다는 불문율이 그때는 있었다.

우리 집은 내 나이 열 살 무렵부터 닭을 치면서 별안간 밥상이 닭과 관련된 음식 쪽으로 기울었다. 가끔 병든 닭이 백숙으로 변해 올라왔고, 도시락 반찬은 연일 달걀부침이었다. 달걀이 귀한 때였지만, 일 년 내내 도시락 뚜껑을 여는 순간 달걀부침이 눈으로 달려 들어올 땐 저절로 입에서 신음이 새어 나가게 돼 있었다.

나는 요즘도 달걀부침엔 선뜻 젓가락이 가지 않는다. 노란색에 대해 거부 반응이 일 때도 있다. 간혹 달걀부침을 집어서 입에 넣는 일이 벌어질 경우는 내가 제정신이 아닐 때이다. 혀와 이빨 사이에서 물컹한 감촉이 느껴지는 순간 퍼뜩 정신이 든다. 곧 이어 머리 속에선 그 옛날 집에서 기르던 닭들이 일제히 "꼬끼오!" 하고 외치는 소리가 울린다.

마지막으로 떠오르는 건 양달에 앉아서 눈 녹는 들판을 바라보며 먹던 초가지붕에서 딴 고드름이다. 볏짚 냄새가 밴 탓에 쌉쌀

하고 약간 떫은 맛이 돌았다. 빙과업자들에게 일러주노니, ‘초가
지붕’이라는 이름으로 이 고드름을 만들어 여름 시장에 내놓아
보기 바란다. 큰돈을 만지진 못할지라도, 고향의 볏짚 냄새를 그
리워하는 이들로부터 신물 날 정도로 찬사를 듣게 될 것이다.

【 27년 만의 만남 】

내 남동생은 나보다 다섯 살 밑인데, 결혼하면서 분가하여 줄곧 수원에서 살며 아이들을 가르치고 있다. 지난 주 토요일에 친척 결혼식에 참석하고자 아내와 두 아이와 함께 부모님 댁에 왔다. 모든 가족이 모인 자리에서 이런 일이 화제에 올랐다.

지금부터 한 달 전쯤에 아버지가 동네를 산보하실 때, 한 젊은이가 다가와서 꾸벅 고개 숙여 인사했다.

"저는 초등학교 3학년 때 영길이와 같은 반이었는데요. 그때 뵌 적이 있어서 아버님을 금세 알아볼 수 있었습니다. 당시에 제가 영길이 어머님한테 신세를 많이 졌습니다."

사연인즉슨 이러했다. 아우의 친구는 그 시절에 집이 가난해서 끼니를 제대로 잇지 못했다. 그래서 토요일이면 학교가 파하여 집으로 가는 길에 우리 집에 들러 점심을 먹었다. 한두 번도 아니고 꽤 오래 같은 일을 되풀이했는데, 매번 어머니는 선선히 상을 차려주셨다고 했다.

"사실 제가 멀찍이 거리를 두고 학교부터 집까지 영길이 뒤를 따라간 거였어요. 영길이가 막 대문으로 들어갈 때 불러 세웠지요."

자초지종을 들은 아버지는 그에게 아우의 전화번호를 일러주었고, 보름이 지나 아우는 그에게서 전화를 받았다.

우리에게 이런 얘기를 들려주며 아우는 멋쩍게 웃었다.

"그때 그런 일이 있었는지 전혀 기억이 안 나요. 27년이나 지난 일이거든요. 오늘 그 친구하고 만나기로 했어요. 회사 일이 밀려 좀 늦을 거라면서 다시 전화하겠대요."

아우의 얘기에 다른 가족들이 보인 반응은 제각각이었다. 그런 일이 다 있다니 하고 감탄하는 이도 있었고, 세상이 워낙 험해서 오랜 세월 소식 한 자 주고받지 않은 옛 친구를 만난다는 게 좀 염려스럽다는 반응도 있었다.

해질녘에 그 친구에게서 전화가 왔고, 얼마 뒤에 아우는 집을 나섰다.

"동사무소 앞에서 만나기로 했어요. 서로 얼굴을 못 알아볼까 봐 차림새를 주고받았어요. 친구는 목에 붉은색 손수건을 두르고 나오겠다네요. 저는 체크무늬 셔츠를 입었다고 얘기해 주었어요."

아직까지 아우에게서 뒷이야기는 듣지 못했다. 그러나 짐작컨대 매우 유쾌한 자리가 되지 않았을까 여겨진다. 오 헨리 소설에도 비슷한 이야기가 있었던 걸로 기억된다. 소설 버금가게 소설 같은 일이 왕왕 벌어지니 세상 참 재미있다.

【 돈보다 귀한 것 】

내 나이 스무 살 때 가을날 일요일을 돌이키노라면, 아직 덜 지
은 어마어마한 덩치의 교회 건물이 머리에 그려진다. 시멘트 마
르는 냄새가 코를 찌르고 모래 알갱이가 자작자작 밟힌다. 활짝
열어젖힌 본당 문 앞에 놓인, 나무로 만든 헌금통도 떠오른다.

발걸음을 떼기도 버거운 할머니들이 저만치 골목 끝에서 모습
을 드러낸다. 모두 검소하고 깨끗한 옷차림이다. 허옇게 센 머리
를 곱게 잘 빗어 꼭뒤에서 틀어 올려 비녀를 질렀다. 숨을 고르며
가까스로 계단을 다 오른 할머니들은 헌금통 곁을 지나치는 순간
손에 쥔 걸 슬며시 통 속으로 떨어뜨린다. "톡 톡 톡" 하고 헌금통
바닥에 동전 부딪치는 소리가 들린다.

예배가 시작된다. 성가대는 화음을 이루어 노래를 부른다. 성
도들도 경건한 목소리로 찬송가를 부르고 성경을 읽는다. 뒤이어
설교가 이어진다. 지상이 아니라 천국에 돈을 저축하라는 내용이

모든 십자가는 하늘을 향한다. 포도밭 십자가, 두 팔 벌리고 선 사람이 만드는 십자가도 그러하다. 십자가에서 하늘을 느끼지 못한다면, 아무것도 못 느끼는 거나 다름없다.

여러 번 되풀이된다.

　설교가 끝나면 분위기는 잠시 긴장이 풀어진다. 새로 나온 성도가 소개되고, 그날 들어온 헌금 내역이 공개된다. 회계 일을 맡은 장로가 앞으로 나온다. 딱딱하면서 몹시 시큰둥한 얼굴이다.

　"오늘은 이 얘기를 꼭 하고 넘어가야겠습니다. 헌금통에 동전을 넣는 사람이 누굽니까? 동전은 좀 심하지 않습니까? 지금 우리가 성전을 짓느라 얼마나 고생하고 있는지 다 알지 않습니까? 다시는 이런 일이 없기를 바랍니다."

　그날 할머니들은 얼마나 곤혹스러웠을까? 이후로 적잖은 세월이 흘렀건만, 그 일요일 한낮을 떠올릴 때면 다만 미안하고 죄송스러운 마음에 낯이 후끈 달아오른다. 나 자신이 할머니들한테 큰 죄를 지은 느낌이다.

요즘 내 여동생은 오빠만 보면 다시 교회에 나가라며 극성을
부린다. 초등학생 때부터 십 년 넘게 열심히 잘 다니던 교회를 왜
갑자기 그만두었느냐는 것이다. 그럴 때면 나는 슬며시 자리를
피하면서, 여동생이 듣는다면 오빠가 좀 이상해졌다고 여길 소리
를 속으로 중얼거린다.

'교회 안에선 행여 돈 생각하지 말아라. 그곳에선 돈보다 귀한
걸 구해야겠지?'

【 내 친구의 빵집은 어디로 갔을까 】

아까 낮에 자전거 타고 서점 다녀오는 길에 옆 동네에서 친구
가 운영하는 빵집에 들렀다. 그런데 문이 굳게 잠겼고 유리창에
종이가 한 장 붙어 있었다. 스산한 가을바람에 종이쪽이 펄럭거
렸다.

'가게를 내놓았으니 옆집 부동산 중개업소에 문의하기 바람.'

그 친구가 빵집을 하게 된 동기는 지극히 단순했다. 스무 살 때
부터 소설에 뜻을 두고 살아왔는데 등단하는 게 뜻대로 되지
않았다. 학교를 마치고 무직자 생활이 십 년을 넘어가는 사이에
결혼을 했고 애를 둘 낳았다. 애들은 아침저녁 다르게 커가고, 무
얼 해서 먹고 살아야 할지 나날이 애들 커가는 속도로 근심이 더
해 갔다.

어느 해 봄날에 그 친구는 우리 집에 놀러 왔다. 나는 그때 피
자를 두 판 반죽해서 옥상 햇볕에 내다 놓고 발효시키는 중이었

다. 친구는 내가 피자를 만든다는 것이 마냥 신기하다는 얼굴이었다. 얼마 뒤에 오븐에서 피자를 구워서 친구에게 내주었다. 내가 보기엔 그저 그런 피자였는데, 친구는 아주 맛있어하며 피자를 여러 조각 잘 먹고 돌아갔다.

얼마 지나서 들려온 소식은 그가 제빵 학원에 다닌다는 것이었다. 혼자가 아니라 아내까지 동반해서였다. 두 해 가까이 열심히 배운 친구 내외는 우리 옆 동네에 세를 얻어 빵집을 열었다. 처음 사업을 연 시기치고는 너무나도 때가 안 좋았다. 나라 살림이 거덜 난 직후였다. 친구는 대통령이 취임하던 날 빵집 개업식을 했다.

"괜찮겠어?"

불경기도 보통 불경기가 아닌지라 나로선 걱정부터 앞섰다. 그러나 친구는 자신감이 넘치는 낯으로 활짝 웃었다.

"그날 네가 만든 피자를 먹고 나서 바로 이거야 하고 생각했지. 가장 좋은 재료만 써서 영양가 만점짜리 빵을 만들어보겠어."

그 뒤로 동네를 산보하다가 장사가 잘되나 궁금해지면 즉시 친구의 빵집에 들러서 그가 만든 빵을 사 들고 돌아왔다. 나는 밀가루 음식을 잘 소화시키지 못하는 체질인데, 친구가 빵집을 연 뒤로 그 이전까지 먹은 빵보다도 많은 빵을 먹었다. 친구가 만든 빵이라서 그런지 속에 부담이 덜했다. 나와 달리 빵을 밥 못지않게 좋아하는 다른 가족들도 빵 하나는 남부럽지 않게 먹었다.

그런데 친구는 빵집을 하는 동안 줄곧 고전했다. 장사가 조금이라도 나아진다는 얘기를 지나가는 소리로도 들은 적이 없었다.

빵 잘 만드는 사람을 따로 두었고, 혹시나 하는 생각에 간판을 두 번이나 바꾸어보았지만 아무 소용이 없었다. 그럼에도 그는 고집스럽게 전혀 방부제를 쓰지 않고 고급 재료만으로 빵을 만들었다. 손님들이 사가는 빵보다 양로원이나 재활원에 무료 기증하는 빵 숫자가 늘어갔다.

그 사이에 친구는 몸이 많이 야위었다. 흰 머리칼이 부쩍 늘어서 머리를 깎으러 갈 때마다 이발사한테서 같은 소리를 들었다.

"이제 그만 염색을 하셔야겠어요."

같이 가게를 지켜온 그의 아내도 건강이 많이 나빠졌다. 얼마 전엔 한쪽 눈이 잘 안 보여서 안과에 갔다. 약을 먹어도 차도가 없으면 수술에 들어가야 한다는 진단 결과가 나왔다.

친구의 빵집이 문을 닫은 걸 알게 된 오늘, 밤이 깊은 지금까지 빵 생각만 하고 있다. 그날 친구가 나를 찾아왔을 때 피자를 만들어 내놓는 일만 없었더라면 하는 후회마저 든다. 원래 빵을 안 좋아하는 올빼미가 계속 "빵 빵 빵 빵" 하고 되뇌었더니 입속이 다 얼얼하다.

【 무서운 발톱 】

집 뒷동산 약수터에 오르면 늘 할아버지 한 분이 벤치에 앉아 계신다. 몸이 바짝 마른 팔순 노인이다. 자손이 초등학교 한 반 아이 숫자에 이르는 그분을 뵐 때면 나는 어마어마하게 큰 고목을 떠올린다. 비록 피부가 거칠고 몸에 물기가 거의 없지만, 여전히 수많은 가지와 잎사귀를 달고서 한 자리를 당당하게 지키고 서 있는 고목 말이다.

그분은 매일 아침을 드시고 도시락을 들고 집을 나선다. 버스 정류장까지 십오 분 걷고, 중간에 한 번 버스를 갈아타고 한 시간 남짓 달려와서 이 동네 정류장에서 내린다. 거기서부터 약수터까지 사오백 미터 남짓한 거리를 또 걷는다.

젊은 사람 같으면 그만한 거리는 십여 분이면 너끈히 걸을 수 있다. 그러나 그분은 사정이 많이 다르다. 걸음걸이가 시원치 않아서 한 발짝 뗄 때마다 이동하는 거리가 몇 센티미터를 넘지 않는다. 조심조심 발을 옮기는 모습은 살얼음판 위를 걷는 어린이 같다. 정류장에서 약수터까지 오는 데 사십오 분쯤 걸린다고 하신다. 십 미터를 일 분에 걷는 것이다.

한낮 내내 노인은 약수터에서 시간을 보낸다. 말동무가 생기면 좋고, 말동무가 없으면 그냥 혼자서 나무와 풀과 새들을 바라본다. 마치 정물화 같다. 나는 몇 번 그분에게 말동무가 되어드렸다. 미소를 머금은 얼굴로 수줍어하시며 노인은 걸음걸이만큼이

작업실 가는 길. 주위 풍경을 잘 만난 덕에 길은 한껏 빛난다. 지금 이 길 지나가면 오늘은 다시 못 올 것 같아서, 길이 너무 아름다워서, 한참 길을 앞에 두고 서 있었다.

나 느린 목소리로 더듬더듬 말씀하신다.

"요 너머 동네에서 오래 살았어. 이곳을 떠나 이사한 지 여러 해 되었는데, 그 뒤로도 이곳이 좋아서 매일 오고 있어. 약수터에 다녀가는 게 커다란 낙이야. 걷는 게 시원치 않아 힘에 부치긴 하지만.

뻣뻣하게 굳어버려서 허리를 구부리는 게 뜻대로 안 돼. 내 손으론 발톱을 깎을 수 없어. 손자들한테 깎아달랬지. 그런데 무섭다고 달아나데. 길게 자란 발톱 때문에 신을 신으면 발이 많이 아파. 그래서 빨리 걸을 수가 없어."

나는 지금 내 왼발 엄지발톱을 바라보고 있다. 엄지발톱 전체가 빨갛다. 문제 하나를 내겠다. 1) 책상 같은 무거운 걸 들다가 놓치는 바람에 발톱을 찧어서 피멍이 들었다. 2) 발톱에 병균이 침입해서 빛깔이 변했다. 3) 봉숭아물을 들였다. 정답 대신에 힌트를 주련다. 아내와 딸아이가 힘을 합쳐 그렇게 만들었다.

종일 빈둥거렸더니 몸이 찌뿌드드하다. 좀 있다가 손톱깎이를 챙겨 들고 뒷동산에 바람이나 쐬러 가야겠다. 오늘은 그 고약한 손자들이 무섭다고 한 발톱이 도대체 얼마나 무서운지 보고 와야 겠다.

【 남자에 대한 고정 관념 】

오늘날은 유니섹스(unisex) 시대라고 말한다. 성이 합쳐진 시대, 성 구별이 사라지거나 희미해진 시대라는 뜻이다. 실제로 옷차림이나 머리 모양새만 봐서는 가까이 다가가거나 목소리를 듣기 전까진 남자인지 여자인지 알아채기 힘든 경우가 많다. 겉모습뿐 아니라 성격이나 취향, 행동, 활동 분야에서도 남녀를 뚜렷이 가르기 어려워졌다.

그럼에도 여전히 남자는 언제나 남자여야 하고 여자는 여자여야 한다고 주장하는 이가 적지 않은 것 또한 현실이다. 이들은 성차별주의자와 많은 부분에서 겹쳐지는 이른바 성 구별주의자들이다. 가슴속 깊이 뿌리박힌 고정 관념이 이들의 의식을 지배하는데, 남자 쪽에 초점을 맞춰서 몇 가지 들어보자.

1. 남자는 여자보다 의리가 강하다.

의리가 강하다는 건 인간으로서 지켜야 할 도리에 충실하다는 의미이며, 신용도와 신뢰도가 높다는 얘기이다. 그러나 이는 상당수 남자들의 세계가 '배신과 협잡과 복수'의 세계임을 잘 모르고 하는 소리이다.

이 땅의 정치가들을 보라. 어제의 동지를 오늘 적으로 돌려서 비난하고 짓밟는 일이 꼬리를 문다. 건달 소설이나 마피아 영화들은 남자들의 의리와 신의를 보여주는 일에 힘쓰지만, 이곳에서도 거짓말과 보복과 줄행랑과 피비린내가 오감을 어지럽힌다.

이 고요하고 평화로운 밤에 돈 얘기를 해서 미안한데, 내 주위에 같은 남자에게 신의 하나를 믿고 돈 빌려줬다가 뜯긴 이가 한둘이 아니다. 나 또한 학교 마치고 매일 이력서를 수십 통씩 써대며 빈털터리로 지내던 시절에, 한 친구가 대학원 등록금이 없어서 쩔쩔매는 걸 보고 다른 친구에게서 전세방 얻을 돈을 빌려서 주었다가 뜯긴 일이 있다. 일주일 뒤에 반드시 갚겠다며 혈서라도 쓸 것처럼 큰소리쳐 놓고선 꿩 구워 먹은 소식이어서, 실업자 신세에 그 돈 대신하여 갚느라고 여간 고생이 많지 않았다.

그 뒤에 여러 친구가 모인 자리에서, 당시에 그에게 등록금을 빌려준 이가 한둘이 아님을 알았다. 물론 모두 단 한 푼도 돌려받지 못했다. 지금 그는 대학 교수가 되어서 제자와 결혼하여 잘 먹고 잘살고 있다. 아마도 그가 맡은 강의 중에 '등록금 빙자 사기술' '친구 등쳐 먹는 방법' 같은 게 있을지 모르겠다.

내가 과문한 탓일 수도 있겠으나, 여자한테 돈 빌려줬다가 뜯긴 사례는 꿈에서도 들어본 적이 없다.

2. 남자는 여자보다 화통하다.

화통하다는 건 '통이 넓다' 거나 '이해심이 많다' 는 얘기이다. 특히 화해를 이끌어내기 위한 술자리에서 화통한 척하는 사내들이 많다. 이들은 이렇게 큰소리친다.

"세상에 이해하지 못할 일이 뭐가 있겠소? 남자답게 술 한잔에 탁 털어버립시다!"

하지만 많은 이들이 전날 술자리에서 있었던 잡다한 일을 들먹이며 험담을 늘어놓는다. 술 한잔 들어가니까 사람이 아주 달라지더라느니, 쩨쩨하게 계산 안 하려고 딴청 피우더라느니, 알고 보니 여간 옹졸한 인간이 아니더라느니 하고 투덜댄다. 스스로 자신을 나무라는 거나 다름없으니 누워서 침 뱉는 격이다.

자동차 운전의 경우를 보면 이 나라에 통 좁은 사내가 얼마나 많은지 알 수 있다. 여성 운전자들은 밤낮없이 대로상에서 그들한테 끝없이 위협을 당한다. 하늘이 두 쪽 나더라도 절대로 여자한테는 양보할 수 없다는 인간, 방향등도 안 켜고 불쑥불쑥 끼어드는 인간, 뒤에서 바짝 따라붙으며 상향등을 번쩍이는 인간, 별일 아닌 걸 갖고 차창 밖으로 얼굴을 내밀고 눈을 부라리며 욕설을 퍼붓는 인간, 이들은 거개가 남자이다.

3. 남자는 여자보다 입이 무겁다.

공공장소에서 큰 소리로 수다 떠는 사람 가운데 여자가 많은 건 사실이다. 이 문제는 엄격하게 짚고 넘어갈 필요가 있다. 그런 여자들은 버스 속이건 지하철 속이건 찻집이건 식당이건 두셋만

모였다 하면 다른 사람 눈길을 무시하고 줄기차게 떠든다.

오늘 낮에도 충주 소태초등학교 앞 식당에서 김치찌개 시켜서 점심을 먹는데, 옆자리의 두 여자가 일 초도 쉬지 않고 이중창으로 떠드는 바람에 정신이 하나도 없었다. 겨울에 정 추우면 전기장판을 깔고 자는 게 좋고, 뒷동네 박숙자 씨는 요즘 어디 갔는지 통 얼굴 보기 힘들다는 이야기를 하고 또 하는 것이었는데, 좀 재미있는 화제였다면 내가 이런 말도 안 한다.

어떤 이들은 남성 중심 사회에서 여성들이 상대적으로 욕구 불만이 많기 때문이라고 말한다. 수다로 불만을 풀려 한다는 것이다. 『그래, 수다로 풀자』, 언제던가 자칭 여성학자가 이런 제목의 책을 내서 화제를 불러일으킨 적이 있다. 당시에 나는 너무 무서워서 외출도 잘 안 했다.

그러나 사적인 공간으로 들어가면 남자가 여자보다 조금도 나을 게 없다. 어떤 자리에서건 꼭 수다쟁이가 끼어 있어 분위기를 망친다. 최근에도 몇 사람이 둘러앉은 저녁 모임에서 한 사내가 줄기차게 떠드는 걸 유심히 지켜본 적이 있다. 그는 잠시도 마이크를 안 놓았으며(사실 그 자리에 마이크 같은 건 없었지만), 마이크를 빼앗길까 봐 걱정되어서인지 화장실 한번 안 가고 가랑이에 두 손을 넣은 채 온몸을 비비 꼬며 떠벌렸다. 그날 다른 사람들이 한 얘기는 모두 더해 보았자 몇 줄 되지도 않았다.

결론은 남자라고 여자보다 입술 무게가 더 나갈 리 없으며, 수다쟁이는 남녀 모두에 골고루 퍼져 있다는 것이다.

4. 남자는 울지 않는다.

사내아이의 경우에 밖에서 억울한 일을 당하고 질질 짜며 집으로 돌아갔다간 본전도 뽑지 못한다. 눈물을 보이는 건 사내가 아니라는 이유에서, 엄마 아빠 고모 삼촌 형 누나한테 욕을 바가지로 얻어먹는다.

어른들의 세계에서 엉엉 우는 사내를 보기 힘든 건, 결코 남자가 여자보다 감정을 참는 능력이 세거나 눈물의 양이 적어서가 아니다. '남자는 남들이 보는 데서 눈물을 보여선 곤란하다'는, 오랜 전통을 뽐내는 사회적 금기가 힘을 쓴 결과이다.

이 세상에 눈물샘이 없는 남자는 없다. 지금 이 순간에도 이 나라 어느 구석에 박혀서, 고개를 푹 숙이고 숨 죽여 눈물 흘리는 사내가 수만 명은 될 것이다.

5. 남자는 유달리 가을을 탄다.

여자들은 대부분 봄을 타는 반면에 남자들은 가을에 쉽게 감상에 젖는다고 흔히 말한다. 하지만 이는 그릇된 통념일 뿐이다. 가을은 황혼의 계절이며 한 해가 저물어가는 때이다. 만물이 생기를 잃어가는 이 계절에 어느 누군들 감상에 빠지지 않을 도리가 있겠는가!

남자들은 봄을 타지 않는다는 통념 또한 모든 남자한테 해당하는 얘기는 아니다. 소월의 시를 보라. 겨울에서 봄으로 넘어가는 시기에 우울한 상념에 젖어드는 내용을 담은 시가 수두룩하다. 제각각 처한 상황에 따라서 어떤 사람은 가을보다 봄날에 더욱

심란한 기분을 느낄 수 있다.

가령 최근에 사랑하는 사람이나 절친한 친구를 잃은 사람이라면, 화창한 봄날 들판을 거닐며 이렇게 탄식할 것이다.

'만물은 때가 되면 다시 살아나건만, 어째서 한번 떠나간 사람은 돌아올 수 없는 걸까!'

6. 사랑에 실패했을 때 남자는 오래지 않아 사랑했던 여자를 잊는다.

내 친구 하나는 대학교 때 4년 내내 한 여자와 사랑을 나누었다. 그 이후에 무슨 일로 아주 헤어졌다. 이십 년 가까운 세월이 흐른 어느 날, 그는 이전 날 알았던 번호를 기억해 내서 전화를 걸었다.

때마침 그 여자는 추석을 맞아 친정에 왔다가 전화를 받았다.

"잘 지내요?"

"예. 그쪽은요?"

"잘 지내요."

내 앞에서 친구는 그 여자에게 전화를 건 일을 뉘우쳤다. 별로 할 얘기도 없었는데 괜한 짓을 했다는 것이었다. 말은 그렇게 했지만, 한때 사랑했던 여자를 쉽사리 잊지 못하는 남자의 좋은 본보기인 건 분명하다.

또 다른 사례를 들어보면, 가까운 남자 후배는 술을 좀 마셨다 하면 아무리 늦은 시간이더라도 무작정 택시를 잡아타고 옛 애인이 살던 동네를 찾아간다. 그 여자가 이미 결혼하여 다른 곳으로

떠나갔다는 사실을 잘 알면서도, 깊은 밤 올빼미가 되어 여러 시
간 그 동네 골목을 어슬렁대며 지난 일을 추억하다가 집으로 돌
아간다.

【 사과 전쟁 】

오늘도 해가 뜨자 어김없이 그 소리는 들려온다.

"쾅! 쏴아아아아아아."

"쾅"은 대포 소리에 가깝고, "쏴아아아아아"는 창공으로 초음속 전투기 날아가는 소리와 흡사하다. 나는 작업할 때 음악을 듣는 일이 거의 없는데, 오로지 저 무시무시한 굉음을 물리치기 위해 지금 파바로티를 틀어놓고 있다. 노래 하나가 끝나자 청중들이 박수를 친다.

"촤르르르르르."

이곳은 저만치 앞으로 강을 끼고 소나무와 밤나무 숲이 뒤를 두른 충주의 한적한 마을이다. 은자들이 좋아하는 곳, 현역에서 은퇴한 자들이 인생의 마지막 쉼터로 선호하는 곳이다. 실제로 윗집과 그 오른쪽 집엔 조용한 말년을 보내고자 도시를 떠나온 노인들이 살고 있다. 물 맑고 햇살 따사롭고 고즈넉한 이 마을에 요즘은 코스모스가 한창이다.

버릴 것 하나 없이 다 좋은데, 문제는 바로 지금 또 고막을 찢을 듯이 들려온 저놈의 대포 소리이다. 이곳에 작업실을 정하여 둥지를 튼 초기에 나는 암석 채취장이나 포병부대 훈련장이 가까이 있는 줄 알았다.

산책 나갔다가 돌아오는 길에 만난 노인에게 물어보았다.

"어르신, 저 소리가 뭐지요?"

노인이 턱짓으로 가리킨 곳은 사과 과수원이었다. 절반쯤 붉은 빛이 도는 탐스러운 사과가 나무마다 수십 개씩 달려 있었다. 침을 꿀꺽 삼키며 노인을 바라보자 노인은 허공을 나는 새들을 눈으로 좇았다.

"가만 놔두면 저놈들이 마구 쪼아대는 통에 저러는 거지요."

그제야 과수원 복판에서 한쪽으로 치우친 곳에 놓인 붉은색 물체가 눈에 잡혔다. 꼭 박격포처럼 생긴 그 물체에서 기다렸다는 듯이 굉음을 냈다.

"쾅!"

곧 이어 그 소리가 골짜기로 퍼져 나가면서 "쐬아아아아" 하고 길게 꼬리를 내렸다.

내가 어렸을 때, 논밭이나 과수원에서 새를 쫓는 대표적인 수단은 두 가지였다. 하나는 사람이 직접 나서서 머리 위로 두 팔을 휘저으며 "워어어" 하고 외치는 것이었고, 또 하나는 허수아비를 세우는 것이었다. 나 자신도 나무로 뼈대를 만들어 낡은 옷을 입혀서 허수아비를 여럿 만들어보았고, 가을 사생대회에선 황금들

탐스러운 사과들은
끝없이 행인을 꼬드긴다.
어서 따서 잡수세요.
사과밭을 지나는 일은
유혹에 맞서는 시험이다.
시험에 이기려면
황급히 지나쳐야 한다.
잠깐이라도 눈길 주었다간,
그날 밤 도둑의 신분으로
다시 사과밭을 찾게 돼 있다.

판에 꼭 허수아비를 그려 넣었다.

그러나 허수아비는 오래 못 가서 역사 저편으로 사라졌다. 허수아비의 정체를 알아챈 참새며 비둘기며 까치들이 허수아비의 머리 꼭대기에 올라앉는 일이 벌어지면서였다. 그 뒤로 인간과 새들의 전쟁은 하루가 다르게 격렬해졌다. 인간들은 기다란 비닐이나 새끼줄을 쳐서 새들을 헷갈리게 만들었고, 이윽고 새들은 비닐과 새끼줄 위에 줄지어 앉아서 느긋하게 휴식을 취하며 인간을 조롱했다.

당황한 인간들은 물고기 잡을 때나 쓰는 그물을 가져다가 논밭과 과수원을 둘러쳤다. 처음엔 그물 앞까지 왔다가 고개를 절레절레 흔들며 돌아가던 새들은 그물 너머에 천장이 없다는 걸 곧 알아냈다. 새들이 그물을 가볍게 넘어서 들판을 맹공격하자 더욱더 당황한 인간들은 아예 그물로 들판 전체를 덮어버렸다.

그게 또 얼마를 못 갔다. 새들은 농부들이 그물 속으로 드나드는 출입구를 찾아냈다. 나아가서 부리로 그물을 쪼아 구멍을 내는 과감한 새들도 생겨났다. 인간과 새들 사이의 눈속임 역사는 그렇게 막을 내렸다. 급기야 오늘날 대포 소리로 새들의 고막을 위협하는 장치가 생겨난 것이다.

지금 이 순간 또다시 "쾅!" 소리가 울리고, 아무것도 모르는 파바로티는 목청껏 〈남 몰래 흐르는 눈물〉을 부르고 있다. 차라리 새들에게 이 노래를 들려주는 게 어떨까? 새들의 동정심에 호소하는 것이다. 너희는 눈물도 없냐? 봄여름 내내 땀 흘려 가꾼 곡식과 과일을 빼앗길까 봐 조바심 내며 농부들이 남 몰래 흘리는 눈물이 너희 눈에는 보이지 않더냐?

과수원 주인을 찾아갈 생각도 해보았다. 심장 약한 주민들, 밤 꼬박 새우고 낮엔 기필코 잠을 자야 하는 올빼미족을 괴롭히는 대포 소리말고 다른 소리를 고안해 보라고 따지고 싶었다. 새들이 싫어하는 초음파 소리를 쓰는 곳도 있다고 하는데, 왜 하필이면 이토록 원시적이며 공격적인 굉음을 고집하는 겁니까?

그러나 나는 한 가지를 잘 알고 있다. 새들은 이윽고 저 소리가 진짜 총알이나 대포알을 발사하는 소리가 아니라 속임수일 뿐임을 알아차리게 될 것이다. 그때까지는 저 소리를 참고 견뎌내기로 했다. 그리고 나는 누구 못지않게 사과를 좋아하는 사람 아니던가. 이 가을에 매일 맛있는 사과를 먹는 기쁨을 새들에게 빼앗길 생각은 터럭만큼도 없다.

　울려라, 대포 소리여! 어서 달아나라, 새들아! 햇빛아, 더욱 맹렬하게 쏟아져 내려서 저 사과에 한층 빨간 빛깔과 단맛이 듬뿍 배게 해다오!

【 빨리 타오른 불 】

젊은 연인 수십 쌍이 나와서 누가 가장 오래 키스하는지 겨루는 광경을 티브이에서 보았다. 서로 입술을 대고 음식물을 씹는 커플, 입술을 절반쯤 떼고 Y자 빨대로 주스를 마시는 커플도 있었다. 어느 커플은 쿡쿡대며 웃다가 턱과 셔츠로 주스를 주르륵 흘렸다.

며칠 뒤에 역시 티브이에서 남자들이 제각각 자기 애인을 번쩍 안고 누가 오래 버티나 겨루는 걸 보았다. 시간이 흐를수록 남자들은 엉거주춤한 자세로 변해 갔다. 모두 자기 애인을 품에 안거나 어깨에 올려놓고 다리를 후들후들 떨며 땀을 뻘뻘 흘렸다. 그들에게 안긴 여자들은 인격을 지닌 생명체가 아니라 짐짝이나 보따리 같았다. 인간의 완벽한 사물화!

제2차 세계대전 때 이런 일이 있었다. 독일 보안 당국은 반전 운동을 벌이는 젊은이들의 지하 조직 때문에 몹시 골머리를 앓았다. 대부분 연인들로 이루어진 조직이었는데 매우 결속력이 뛰어났다. 당국에 붙들려 가서 아무리 모진 고문을 받더라도 일단 풀려났다 하면 곧바로 다시 활동에 들어갔다.

당국의 고문 기술자는 한 가지 묘안을 찾아냈다. 연인 사이인 두 젊은이를 붙잡는 대로 서로 얼굴을 마주보게 하여 밧줄로 한데 꽁꽁 묶었다. 그 상태로 가만히 놔두는 것이 고문의 전부였다.

고개를 갸우뚱하는 이들이 적지 않으리라.

'햐아, 그런 고문도 다 있나? 둘 다 좋아서 죽을 지경이었겠네!'

당사자인 두 연인도 처음엔 그런 느낌이었을 것이다. 그런데 하루 이틀도 아니고 일주일, 열흘, 보름 내내 한 덩어리가 되어 지내노라니 사정이 크게 달라졌다. 둘 다 얼굴에 번질번질하게 기름이 흐르기 시작하면서 역겨운 악취를 풍겼다. 이따금 끄억 트림할 때도 있었다.

그리고 몸이 자유스럽지 않은 탓에 속이 몹시 불편해졌다. 자연히 끝없이 둘 다 꾸르륵 소리를 내며 냄새 지독한 방귀를 뀌는 경쟁을 벌였다. 잠자는 것도 여간 골칫거리가 아니었다. 얼굴을 빤히 보고 자야 하므로 상대가 코를 골면 잠을 설치기 십상이었다. 잠에 취해서 헤 하고 입을 벌릴 경우엔 입에서 별의별 복잡한 냄새가 다 뿜어져 나왔다. 하나가 용변을 볼 때 같이 쭈그리고 앉은 이의 심정이 어땠을지는 굳이 말할 필요가 없겠다.

그렇게 보안 당국에선 연인들을 한두 달 한데 묶어두었다가 풀어주었다. 이들은 감옥 문을 나와 거리로 나서는 순간 뒤도 안 돌

아보고 달아나듯이 서로에게서 멀어졌다. 결국 이들이 속한 조직
은 적잖은 타격을 입어서 급기야 와해되고 말았다.

최근에 서울에서 버스를 타고 가는 중에 한 여학생의 휴대전화
통화가 귀에 잡혔다. 여학생은 남자 친구한테 지금 버스가 지나
치는 지점을 계속 일러주고 있었다. 일종의 생중계방송이었다.

"지금 광화문 막 지나가고 있어."

잠시 뒤.

"지금 종로 2가로 들어섰어!"

또 잠시 뒤.

"이제 거의 다 와가. 탑골공원 금방 지나쳤어. 버스 정류장에
꼼짝 말고 서 있어, 알았지? 어, 보인다 보여! 웬일이니? 쫘아악
빼입었네?"

오늘날 많은 연인들이 하루에도 몇 번씩 휴대전화와 이메일로
연락을 주고받는다. 단 하루라도 상대에게서 연락이 없으면 그새
마음이 변했나 하는 생각에 매우 불안해한다.

대회에 나온 연인들처럼 무한정 입을 맞추거나 포옹하고 있어
야 안심이 되는 사랑. 끝없이 상대를 감시하고 위치를 확인하고
속마음을 점검하고, 그럼으로써 서로의 자유를 최대한 제한하고
구속하는 사랑. 그런 게 진정한 사랑이라면 나는 사랑 같은 거 안
하고 오금 쭉 펴고 살겠다.

지금 나는 나의 청년 시절로 돌아가서, 가을날 해거름에 숲에
서 밀어를 속삭이는 두 젊은 남녀를 바라보고 있다. 그들은 아까
부터 석양빛을 받으며 나무벤치에 앉아 있다. 서로 어깨가 닿을

듯 말 듯하다. 중간 중간에 잠깐씩 이야기를 주고받으며 웃는다.

　오늘은 토요일. 그들은 오랜만에 만났다. 제각각 자기 일에 바빠서 서로 얼굴을 보는 건 말할 것도 없고 전화 한 통 주고받을 겨를이 없었다. 두 사람은 서서히 시장기를 느낀다. 주위엔 어느 결에 짙게 땅거미가 내리고 있다. 두 남녀는 누가 먼저랄 것 없이 나란히 자리에서 일어난다. 따뜻한 손을 가볍게 맞잡고, 또 무어라고 조용히 이야기를 주고받으면서, 다시 한번 서로 눈을 맞추

숲 속 벤치는 사람이 앉아 있을 때나 비어 있을 때나 편안한 느낌을 준다.
벤치 자체가 앉아 있는 자세이기 때문이다. 벤치는 모성을 갖고 있다.
사람이 가서 앉으면 아기를 무릎에 앉히고 쭈그려 앉은 엄마처럼 보인다.

고 미소를 날리며 숲을 떠나 거리로 내려간다.

　빨리 타오른 불은 빨리 꺼지게 돼 있다고 로마 철학자 세네카는 말했다. 머나먼 세월 저편의 기억 속에서 저들 두 연인은 내게서 차츰 멀어져간다. 그들을 에워싼 어둑한 풍경과 서늘한 기운마저도 여간 은밀하고 다감하지 않다.

【 성남에서 놀다 】

경기도 성남시는 여러 인연으로 나에게 매우 친근하게 다가오는 곳이다. 고모 댁이 그곳에 있어서 예닐곱 살 때 처음으로 성남 땅을 밟았다. 야산 언덕바지에 터를 잡고 지붕에 눈을 얹은 초가집과 꽁꽁 얼어붙은 시냇물, 검은콩을 둔 구수한 잡곡밥과 얼음이 박힌 새빨간 총각김치, 한밤중에 어둠 속에서 깨어나 올빼미 눈을 멀뚱멀뚱하며 듣던 시계불알 소리 등이 기억에 남아 있다.

어머니는 요즘도 가끔 잡곡이나 양념거리를 사러 닷새마다 열리는 성남 모란장에 가신다. 모란장은 세상에 난 이후에 지금껏 내가 먹어온 수많은 음식의 원천이다. 나 자신은 그곳 시장에 가 본 적이 없다. 그런데도 여러 번 다녀온 것처럼 시끌벅적한 시장 풍경이 머리 속에 그려진다. 그곳에서 사온 재료로 만든 음식을 먹음으로써, 재료 스스로 갖고 있는 기억이 내게로 건너온 게 아닌가 여겨진다.

십대 때 나는 곧잘 친구들과 함께 도시락을 싸들고 남한산성에 올랐다. 올라갈 때는 광주 쪽이었으나 내려갈 때는 대부분 성남 쪽이었다. 성남 어느 극장 앞에서 물끄러미 간판을 올려다보던 일, 등불이 하나 둘 켜지는 해거름의 거리를 걷던 일도 생각난다. 한번은 군부대 쪽으로 길을 잘못 내려가다가 벌집을 건드리는 바람에, 벌 떼에 쫓겨서 여러 시간 엎어지고 자빠지고 고꾸라지며 죽을 고생을 했다. 초주검이 되어 집에 돌아가서 잠바를 벗으니 셔츠 겨드랑이에서 벌 한 마리가 포르릉 날아올랐다.

고등학교 시절엔 저녁때마다 성남 사람을 백여 명씩 대했다. 하교 길에 버스를 바꿔 타는 자리가 성남행 버스의 종점이자 시발점이었다. 을지로 5가와 청계로 5가를 잇는 길, 건너편으로 방산 시장이 보이는 지점이었다. 통행량이 많지 않은 그곳 보도에서 그들은 한없이 긴 줄을 만들고 일제히 버스가 나타날 쪽으로 고개를 좌향좌 하고 서 있었다.

중심 무대가 성남시인 소설집으로 윤흥길의 『아홉 켤레의 구두로 남은 사내』가 있다. 수록 작품 「엄동」 속에 위에서 얘기한 정류장이 나온다. 폭설로 길이 막혀 막차가 일찍 끊어지면서 모든 사람이 우왕좌왕하는 풍경이 인상적이다.

작가는 이 소설집에서 변두리 지식인들의 위선을 집요하게 파헤친다. 그들은 서로를 휴머니스트라고 부른다. 그러나 껌팔이 아이들을 물리치기 위해서 호주머니에 늘 비상용 껌을 갖고 다니며, 학생복 차림으로 볼펜을 파는 아이들을 한목에 몰아서 가짜 고학생으로 단정한다. 돈이 좀 생기면 금세 턱이 위로 올라가서 가진 게 없는 사람을 벌레 대하듯 한다.

나는 이 소설집을 다시 꺼내 읽을 때면 '변두리 심리'를 떠올린다. 나 자신 변두리에서 태어나서 줄곧 그곳에서 살아온 사람이어서 이런 심리를 잘 안다. 몸은 변두리에 속해 있지만 자신이 그곳 사람임을 끝까지 부인하려는 의식이 바로 변두리 심리이다. 예수를 세 번 부인한 베드로는 시쳇말로 게임이 안 된다.

"당신은 변두리 사람입니까?"

"아닙니다. 어떤 사정으로 잠시 이곳에 적을 두고 있을 뿐입니다."

"어쨌든 당신은 지금 변두리 사람 아닙니까?"

"어허, 말조심하세요! 나는 중앙 사람입니다. 만일 나를 다른 변두리 사람들하고 같이 취급한다면, 이 사람 많이 서운해할 겁니다!"

이 좋은 가을날에 다시 벗들과 어울려 성남에 가서, 성남을 사랑하고 자신이 성남 사람임을 떳떳하고 당당하게 여기는 이들을 만나고 싶다.

【 굼벵이와 베짱이 】

　소설에서 이런 대목을 읽었다. 노부부가 승용차를 타고 길을 달린다. 겨우 차 한 대씩 서로 오갈 수 있는 좁은 도로이다. 노부부 가운데 남편이 차를 운전하고 아내는 조수석에 앉아 있다.

　맞은편에서 대형 트럭이 줄지어 전속력으로 달려와서 부아앙 지나쳐 간다. 남편의 등골로 식은땀이 흐른다. 운전대를 부서뜨릴 듯이 단단히 움켜쥐고 정면을 노려본다. 눈을 동그랗게 뜬 아내도 입술이 바짝 타들어가고 손바닥에 가득 땀이 밴다.

　일순간 뒤에서 요란한 경적이 울린다. 실내 거울을 올려다보니 스포츠카가 바짝 붙어 쫓아오고 있다. 여차하면 꽁무니를 받아버릴 태세이다. 키스 차원이 아니라 다짜고짜 남의 궁둥이에 대고 뽀뽀하겠다는 것이니 그런 고약한 변태가 또 없다. 뒤차 운전석엔 색안경을 쓴 청년이 앉아 있다. 입 꼬리를 올리고 묘한 미소를 머금는다. 청년은 급기야 손바닥으로 운전대를 탁탁 내리치며 이

빨을 드러내고 으르렁거린다.

'어서 속도를 더 높이든지 당장 옆으로 비키든지 하란 말이야, 잔뜩 느려터진 굼벵이들아!'

노인은 몹시 당황한다. 지금도 규정 속도를 웃돌고 있는데, 더 속력을 낼 엄두가 나지 않는다. 그렇다고 대형 트럭이 질주해 오는 반대편 차선으로 들어갈 수도 없다. 오른쪽으로는 가로수가 늘어서 있고 그 너머는 벼랑이다. 노인은 미간을 찌푸리며 숨을 헐떡인다. 뒤차는 계속 빵빵거리고, 노인은 마침내 울상을 짓는다.

'너무해. 도대체 날더러 어떻게 하란 말이야!'

이 소설의 주제는 느림이다. 무조건 빠른 걸 좋아하며 속도를 최고의 가치로 여기는 현대 문명 속의 속도광들에게 느림의 미학을 일깨워준다.

나 자신도 생활 전반에서 느림을 실천하고자 애쓰는 쪽이다. 서울을 떠나 지금 사는 곳으로 이사한 가장 큰 이유가 거기에 있다. 나는 지금 내 인생에서 어느 시기보다 느리게 살고 있다. 우연이겠지만 우리 집 시계들도 주인을 닮아서 어느 날부터 갑자기 느려지더니 차례로 멎어버려 모두 건전지를 갈아주었다.

그런데 이따금 나는 느림과 게으름, 여유로움과 나태함, 굼벵이와 베짱이를 혼동할 때가 있다. 지금 내 앞엔 성냥갑만한 흰색 사각형 플라스틱 통이 놓여 있다. 겉에 영어로 'floss'라고 적혀 있다. '이빨 사이 오물 제거용 견사'를 뜻하는 단어이다. 흔히 치실이라고 부르는데, 한 달 전에 약국에 들렀다가 눈에 뜨이기에 하나 사온 것이다.

그날부터 나는 이놈을 늘 가까이 벗하게 되었다. 고기를 먹었을 경우에 지체 없이 치실을 두 뼘 길이로 잘라서 양손가락 끝에 감아 쥐고, 이빨 사이에 낀 음식 조각을 제거하는 작업에 들어갔다. 이게 습관이 되자 나중엔 순두부 같은 걸 먹어서 이빨에 음식물이 낄 까닭이 없을 때도 이 작업을 거르지 않았다.

늘 똑같은 자세였다. 먼저 티브이를 켜놓고 바닥에 두 다리를 길게 뻗고 앉는다. 치실을 쥔 두 손을 앞으로 들어올리며 입을 한껏 벌린다. 이빨 사이로 치실이 부지런히 들락거린다. 숨쉴 때마다 아랫배가 크게 오르내린다. 점차 턱뼈가 아파오고 눈에 물기가 맺힌다. 아마도 세상에 이 순간만큼 사람이 게으르고 추저분해 보일 때도 드물 것이다. 돌쇠가 고봉밥 먹고 나서 한바탕 늘어지게 잠자기 직전에 하품하는 모습이 꼭 이렇지 않을까?

거실 책장 위에 놓인 약병처럼 생긴 통 얘기도 해보자. 그 속에 든 건 자일리톨 껌이다. 자일리톨과 충치를 일으키는 병균의 관계를 어린이 신문 《굴렁쇠》에서 읽고 배꼽을 잡은 적이 있다. 자일리톨엔 당분 성분이 없지만 분자 구조가 당분과 매우 비슷하다. 그래서 충치 균은 자일리톨을 당분으로 오해하여 배불리 먹어치운다. 그러나 기껏 먹은 자일리톨엔 영양분이 없기 때문에 결국 이 병균은 굶어 죽고 만다는 것이다.

나는 무료할 때나 담배를 덜 피우고자 할 때 껌을 즐겨 씹는다. 기왕 껌을 씹을 바엔 당분이 없는 걸로 씹자는 생각에 자일리톨 성분이 든 껌을 고른 건데, 문제는 내가 곧잘 이 껌을 양치질 대

용으로 삼는다는 데 있다. 양치질하기 귀찮을 때 씹는다는 얘기
이다.

이쯤에서 솔직히 고백하건대, 치실 또한 양치질하기 귀찮을 때
사용하는 경우가 적지 않았다. 이건 아이 교육에 전혀 도움이 되
지 않으며, 아버지로서의 자격 시비를 불러일으킬 소지가 다분하
다. 아이가 식사를 하고 곧 양치질을 하지 않을 때 번번이 잔소리
를 하면서 나는 슬그머니 치실을 꺼내 들거나 자일리톨 껌을 씹
으니 말이다.

치실 작업 한 달 만에 내 잇몸은 엉망이 되었다. 곳곳이 내려앉
았고 찬물이 닿으면 몹시 시큰거린다. 하루에도 몇 번씩 까칠한
치실로 부드러운 잇몸을 훑어대며 못살게 굴었으니 잇몸이 성하
다면 그게 이상한 일이 아닐까? 모두 느림이 아니라 게으름의 대
가를 치르고 있는 것이다.

여름내 통기타 줄을 튕기고 풀피리 불며 게으름 피우다가, 요
즘 같은 추수철에 아무것도 거두지 못하고 주린 배를 쥐어뜯다가
찬바람 쌩쌩 부는 겨울을 맞는 동화 속 베짱이가 떠오른다. 이봐,
베짱이 양반. 잇몸도 없이 턱뼈로 밥 먹는 날이 오기 전에 정신
바짝 차려야겠어!

【 마지막 수첩 】

나에겐 수첩이 없다. 예전엔 있었는데 지금은 없다. 정확히 얘기하자면 지금부터 17년 전까지만 해도 있었다. 손바닥에 쏙 들어오는 수첩. 네 귀퉁이가 닳아서 부들부들해지고 누렇게 겉장이 바랜 수첩. 밖에 나갈 때마다 바지 왼쪽 호주머니에 넣어 갖고 다니던 수첩.

그곳엔 전화번호와 주소가 빼곡이 적혀 있었다. 시간 약속과 갖고 싶은 책 제목, 나른한 오후에 '징검다리' '꽃' '캠퍼스' 같은 단순하고 소박한 이름의 다방에서 클래식과 팝을 들으며 그린 벗들의 캐리커처, 앙상한 겨울나무와 기이한 형상, 무언가 끼적거렸다가 부욱 찢어버린 흔적, 나 자신도 쉽게 해독하기 힘든 숫자와 암호들이 수첩에 가득했다.

신촌 어느 카페 화장실에서 수첩을 그만 변기에 빠뜨렸다. 순간 술기운이 깨끗이 가시는 듯했다. 달리 어찌할 도리가 없었다.

앞으로 두 팔을 뻗고 "어어 어어" 하고 벙어리 소리를 내며, 변기를 채운 더러운 물 속으로 꼬르륵 잠겨 들어가는 수첩을 물끄러미 내려다볼 따름이었다.

그 뒤로 많은 이들과 연락이 끊어진 채 살았다. 이전까지 수첩이 기억을 대신해 주었기에 내가 외우는 전화번호는 몇 개 안 되었다. 누군가를 만나려면 먼저 그쪽에서 전화를 걸어오기를 기다리는 수밖에 없었다. 수첩 하나가 사라졌을 뿐인데, 마치 세상에서 떨어져 나와서 깊은 산속에 처박힌 느낌이 들었다.

그런데 그렇게 여러 달 지나자 나의 고립은 차츰 견딜 만한 것으로 바뀌어갔다. 안온하고 느긋한 느낌까지 생겼다. 그 시절에 나는 술을 많이 마시면 수첩을 꺼내 들고 공중전화기 앞으로 다가가는 버릇이 있었다. 그래서 기왕 이렇게 된 것, 밤늦게 전화하여 곤히 자는 사람 놀라게 하는 버릇도 없앨 겸, 수첩을 새로 만드는 일 없이 살아보기로 마음먹었다. 그게 열 해 열다섯 해가 지나서 오늘에 이르렀다.

지금 내 곁엔 다이어리라고 부르는 두툼한 공책이 놓여 있다. 여러 토막을 내지 않으면 호주머니에 넣을 수 없는 크기이니 수첩이라고 부르기는 좀 무엇하다. 이 속에 내가 아는 이들의 전화번호가 모두 적혀 있다. 겉장에 금박으로 '1998'이라는 숫자가 찍혔다. 다이어리 하나를 사 년 넘게 쓰고 있는 것이다. 성인이 된 뒤에 지금껏 내 손을 거쳐 간 다이어리는 네댓 권쯤 된다. 제각각 그만큼의 세월을 나와 함께 보낸 셈이다.

새 다이어리가 생기면 먼저 맨 뒤쪽 전화번호와 주소 쓰는 난

뒷산 산책길에 호주머니에서 나온 것들. 메모지 한 장이 수첩을 대신한다. 우연하게도 열쇠고리엔 마지막 수첩을 잃어버린 년도가 찍혀 있다. 지금껏 잠시도 내 곁을 떠난 적 없으니, 어떤 사물과 인간의 인연은 참으로 모질고 눈물겹다.

을 채우는 일을 한다. 이 작업에서 앞서 쓰던 다이어리에 적힌 여러 전화번호와 주소가 누락된다. 나와 인연이 다한 이들, 세상을 뜬 이들, 어디로 갔는지 알 수 없는 이들이 그렇게 하나둘 사라져 간다.

최근에 파트릭 모디아노 소설 『더 먼 곳에서 돌아오는 여자』를 다시 읽었다. 서른 살 즈음에 산 책으로 곳곳에 연필로 그은 밑줄이 있다.

주인공은 파리에서 태어나 장성하여 이십대 초에 영국으로 건너가서 이름을 바꾸고 소설가로 살아간다. 어느 날 일본인 출판업자를 만나 출간 계약을 맺고자 파리를 찾는다. 스무 해 만에 고국 땅을 밟은 것이다.

파리지앵 대부분이 바다로 떠나간 한여름날, 온통 이국인들로

채워진 도시에서 주인공은 세월을 거슬러 올라가며 '잃어버린 과거의 나'를 찾아다닌다. 저녁때 호텔 방으로 돌아간 주인공은 소지품을 탁자에 늘어놓는다. 그곳에 수첩이 들어 있다. 이전 날 파리에서 살 때 쓰던 수첩이다.

나는 침대에 드러누웠다. 더위 때문에 작은 몸놀림도 삼가지 않으면 안 되었지만, 내 낡은 수첩이 놓인 침대 옆 야간용 탁자로 팔을 뻗었다. 그 노트를 베개 옆에 옮겨놓았다. 그걸 꼭 들춰보고 싶은 생각은 없었다. 가장자리가 헐어버린 초록색 표지, 왼쪽 구석에 나선형 문양과 삼각형이 그려져 있고 상단 부분에 '클레르퐁텐'이라고 적힌 수첩. 내가 어느 날엔가 바그람 대로의 문구점에서 산, 온갖 주소와 전화번호, 때로는 약속 내용을 메모해 두었던 흔한 아동용 노트. 이것은 이제 시효가 지나버린 내 프랑스 여권, 더는 담배를 안 피우기 때문에 아무짝에도 쓸모가 없어진 가죽 담배 케이스와 더불어 파리에서 살았던 내 삶의 몇 안 되는 흔적 중의 하나이다.

그는 뒤통수를 호되게 얻어맞은 것처럼 한 가지 사실을 퍼뜩 깨닫는다. 이 수첩은 어디에도 쓸모없는 물건이다. 세월이 이십 년이나 흘렀으니, 그때 내가 알던 이들의 전화번호는 모조리 바뀌었을 것이다!

모디아노 소설 주인공이 파리에 갖고 간 수첩은 내가 스무 몇 살 때 변기에 빠뜨린 수첩과 많이 닮았다. 생김새도 그러하고, 지금 내 곁에 남아 있다고 하더라도 아무런 쓰임새가 없다는 점 또한 그러하다. 저 멀리 아득한 곳으로 흘러간 날의 추억을 더듬게 만들 뿐이다.

새해가 코앞으로 다가왔다. 뒷산 단풍이 여전하고 아직 올해가 두 달이나 남았는데, 라디오에선 어서 서둘러 내년 다이어리와 달력을 주문하라는 광고가 흘러나온다. 나는 1998년 다이어리를 내년에도 계속 쓰게 될까? 어쩌면 그럴지도 모르겠다. 세월은 쉼 없이 앞으로 또 앞으로 도도한 강물처럼 흘러가건만 내 삶은 줄곧 지난날에 묶여 있다. 나는 스스로에게 묻는다.

'나는 나의 과거를 사랑하는가?'

잠시 호흡을 가다듬고 작은 목소리로 다시 묻는다.

'나의 마지막 수첩에 전화번호가 적혔던 사람들, 그들은 지금 모두 어디에서 무얼 하며 살고 있을까?'

겨울

그 손님은

좀 과격하다 싶은 방식으로 나를 찾아왔다.

"쾅!" 하고 뒷산 쪽으로 난 유리창을

온몸으로 들이받는 순간

허공으로 시커먼 게 흩어져 날렸다.

【 참새 손님 】

올빼미족 친구 둘이 야밤에 작업실로 쳐들어왔다. 우연히 같은 날 같은 시각에 하나는 포항에서 또 하나는 서울에서 버스를 타고 충주로 온 것이다. 원주에서 사온 닭고기와 군산 앞바다에서 서울을 거쳐 날아온 왕새우, 그리고 햄을 차례로 프라이팬에 구워 먹었다. 날짐승과 어류와 네발짐승을 골고루 먹었더니 기운이 뻗쳤다. 얼큰히 취하여 돌아가며 노래를 불러가면서 뻑적지근하게 잘 놀고 새벽에 잠자리에 들었다.

늦잠을 자고 부수수한 몰골로 일어나 우럭 매운탕을 끓여 만찬의 피날레를 장식했다. 한가로이 마룻바닥에 앉아 담소하며 쉬는데 느닷없이 또 다른 손님이 작업실을 방문했다. 추수를 끝낸 뒤부터 영 쓸쓸하고 황량하게 변해 버린 논 위로 윙윙 소리를 내며 매서운 바람이 부는 아침이었다.

그 손님은 좀 과격하다 싶은 방식으로 나를 찾아왔다. "쾅!" 하

고 뒷산 쪽으로 난 유리창을 온몸으로 들이받는 순간 허공으로
시커먼 게 흩어져 날렸다. 그때는 그게 새털이라는 걸 알아채지
못했다. 밖에서 누가 일부러 창을 겨누어 불에 탄 볏짚을 던진 줄
알았다. 놀란 올빼미들은 일제히 벌떡 일어나서 창으로 다가섰
다. 창을 열고 내다보니 손님은 뒷마당 수돗가 앞쪽 바닥에 떨어
져 있었다. 꼼짝도 안 하고 모로 누운 참새 한 마리!

참새 손님을 집안으로 들였다. 손님께선 입을 헤 벌리고 눈을
꾹 감은 상태였다. 돌아가셨나? 접시에 찬물을 받아다가 부리에
댔다. 사람이 기절했을 때 손가락 끝에 물을 묻혀 얼굴에 대고
털면 정신을 차리듯이, 참새는 화들짝 놀라며 부리를 떨고 눈을
가늘게 떴다. 잠시 뒤에 또 의식을 잃었다. 물그릇을 부리에 갖
다 대기를 되풀이했더니 서서히 눈빛이 살아나며 부리를 다물
었다.

"이런, 완전히 가신 줄 알았잖아요!"

창밖엔 여전히 바람 소리가 요란했다. 참새는 다른 친구들과
함께 아침 산책을 나섰다가 돌풍에 휩쓸려 창에 부딪힌 듯했
다. 창에 비친 뒷산 풍경을 진짜로 착각한 건지도 몰랐다. 다른
데는 멀쩡해 보였으나 왼쪽 다리를 심하게 다쳐서 흰 뼈가 드
러났다.

화장지를 뜯어 바닥에 깔고 그 위에 참새를 내려놓았다. 종합
비타민을 잘게 부수어 물에 개서 부리 속으로 넣어주고 물을 먹
였다. 연고와 소독약을 갖다 놓지 않았기에 달리 치료할 길이 없
었다. 참새 다리에서 쉬지 않고 선홍빛 피가 흘러서 화장지를 계

산바람 쐬고 바다 보고 돌아오다 들른 고속도로 휴게소. 뒤쪽 언덕 나무에 까마귀들이
앉아 있다. 가까이 다가가니 모두 본 척 만 척한다. 얼마 만에 푸드덕 날아오른 두 녀석,
다녀올 데가 있는 모양이다.

속 갈아주었다. 사람이 찰과상을 입었을 때 나는 피와 빛깔이 똑
같았다.

봄부터 여름까지 원주 집에서 길렀던 토끼가 떠올랐다. 애완동
물 가게에서 사올 때는 몰랐는데 그 녀석은 왼발에 장애가 있었
다. 다리가 절반쯤 뒤틀려서 제대로 뛰질 못했다. 어느 날 갑자기
토끼는 죽었고, 비닐봉지에 담아 들고 뒷산에 혼자 올라가서 묻
어주었다. 자리를 잘못 골랐는지 땅에 삽날이 잘 들어가지 않아
서 땀깨나 흘렸다.

산을 내려오며 다시는 집에서 짐승을 기르지 않겠노라고 굳게
다짐했다. 토끼가 죽은 걸 확인한 순간부터 집안 분위기가 축 가
라앉았기 때문이었다. 벌써부터 나는 집에 가두어 두기엔 너무

커버린 토끼를 그만 깊은 산골짜기에 가져다가 풀어주자고 주장한 쪽이었다. 다른 식구들이 완강히 반대했다.

"그랬다간 그날로 족제비나 살쾡이한테 잡아먹힐 게 뻔하단 말이에요!"

쇼핑백으로 참새 집을 만들었다. 그 속에 참새를 넣고 물그릇과 건빵 부스러기와 밥알을 넣어주었다. 외출하여 올빼미족 서울지부장 이상운을 버스에 태워 보내고 돌아오니 그 사이에 손님께선 기력을 거의 되찾은 것처럼 보였다. 그러나 부러진 왼쪽 다리는 털 속으로 깊이 들어가서 보이지 않았다.

자, 이제 이 손님을 어떻게 한다? 어렸을 땐 이런 경우에 다른 생각할 것 없이 곧장 불 피워 쓱싹해 버렸는데! 하지만 손님을 쓱싹할 수는 없잖아? 또 알아? 잘 치료해서 날려 보내면 내년 봄에 박씨라도 하나 물고 돌아올지? 그 박씨를 심어 박이 열리면 톱으로 잘라서, 그 속에서 쏟아져 나오는 금은보화를 갖고설라무네. 예끼, 여보슈. 그건 참새가 아니라 제비 얘기잖아!

하루 더 쉬고 돌아가기로 한 친구와 그런 실없는 대화를 주고받다가 둘 다 낮잠을 잤다. 잠에서 깨어나 다시 한번 참새의 건강 상태를 살피고, 집을 나서 저녁 산책을 하고 돌아오니 참새 손님은 날개를 퍼드덕거리며 쇼핑백을 탈출하려고 난리를 피우고 있었다.

그날 밤새도록 참새는 잠을 안 자고 날갯짓을 했고, 그 소리에 나는 잠을 자는 둥 마는 둥 했다. 다음날 아침에 눈을 뜨자마자 창문을 활짝 열었다. 손님의 양 날개를 벌려서 잡고 "하나 둘

셋!" 한 뒤에 허공으로 높이 날려 올렸다.

어서 멀리 가거라! 박씨가 아니라 김씨 이씨를 물고 온다 해도 싫으니 다시는 나를 찾아오지 말거라! 나는 다시는 짐승을 집안에 들이지 않겠다고 결심한 사람이다! 또 오면 그대로 쓱싹해 버릴 터이니 그리 알아라!

참새는 허공을 얼마만큼 날아가다가 논으로 곤두박질쳤다. 친구가 놀란 얼굴로 밖으로 달려 나갔다. 나는 창을 탁 닫았고, 다시는 밖을 내다보지 않았다. 세상에서 가장 무정한 인간이 되어 참새 생각을 머리 속에서 깨끗이 몰아내고 주방으로 갔다. 뒤이어 두 팔을 걷어붙이고 부지런히 아침밥을 짓기 시작했다.

【 까마귀가 우물에 빠진 날 】

'한 우물을 파라' 는 말이 있다. 무슨 일에 손을 댔으면 한눈팔지 말고 모든 힘을 쏟으라는 얘기이다. 글 쓰는 일이건 집 짓는 일이건 학문을 닦는 일이건, 몇 년 하다가 말 거면 아예 손도 대지 말라는 얘기이기도 하다.

낯빛이 검거나 남달리 머리가 나쁜 것도 아닌데 '까마귀' 라는 별명으로 불린 녀석이 있었다. 내가 그를 처음 만난 건 고등학교 일학년 때였다. 그는 쉬는 시간이면 늘 무언가에 얼굴을 박고 있었다.

그에게 다가가서 물었다.

"뭐 하냐?"

그가 씩 웃었다.

"통째로 외워버리려고."

그의 책상엔 두께가 한 뼘은 되는 영어사전이 놓여 있었다. 슬찍 들여다보니 D자로 시작하는 단어를 외우고 있었다.

　세상 참 좁다. 강산이 한 번 바뀐 뒤에 까마귀를 다시 만났다. 장소는 국립 중앙도서관 뒤뜰이었다. 자료를 찾으러 도서관에 들렀다가 점심 도시락을 먹고자 벤치로 나가 앉았는데, 옆 벤치에 두 다리를 올리고 웅크리고 앉아서 고개를 숙인 이가 눈에 들어왔다.

승무를 추는 건지 무당춤을 추는 건지, 옥수수들이 눈밭에서 퍼포먼스를 벌인다.
살아 있을 때나 죽었을 때나, 허리 한 번 굽히지 않는 고집스러움.
두 팔을 저렇게 앞으로 든 자세로 사람은 몇 분 버티지 못한다.

"까마귀 아니야? 이게 얼마 만이냐? 그 동안 잘 지냈어?"

그는 왼쪽 뺨에 난 사마귀가 한층 검붉어 보였고 몸무게가 좀 늘어난 듯했다. 나를 돌아보고 미소를 머금으며 고개를 끄덕였다.

"음. 아주 잘 지냈지."

사전을 위로 높이 들어올렸다가 내리곤 다시 그 위로 눈길을 돌렸다. 어느덧 사전을 절반 넘게 외워서 R자로 시작하는 단어에 접어들었다.

어디 까마귀뿐이겠는가. 누구나 한 번쯤은 영어사전을 통째로 외우고 싶은 충동에 사로잡힌 적이 있을 것이다. 나도 늘 사전을 들고 다니면서 줄을 쳐가며 단어 외우기에 열중하던 때가 있었다. 매번 얼마 안 가서 집어치웠지만.

세상 정말 무지무지하게 좁다. 시 쓰기를 접고 본격적으로 소설을 쓰기 시작하여, 두 번째 장편을 낸 직후에 까마귀와 재회했다. 서울랜드 놀이공원은 추운 날씨인데도 사람이 꽤 많았다. 롤러코스터를 타고자 줄을 서 있는데 바로 내 앞에 그가 서 있었다.

까마귀는 두 손으로 영어사전을 펼쳐 들었다. 낡을 대로 낡은 사전은 손이 가 닿는 옆면이 온통 새까만 때에 절었다. 롤러코스터에서 그는 내 옆자리에 앉았다. 활주차가 허공을 돌고 터널을 지나며 온갖 복잡한 꽈배기를 만드는 중에도 그는 사전에서 눈을 떼지 않았다. 다른 승객들이 꺄악 꺄악 하고 비명을 질러대는 가운데 큰 소리로 외쳐댔다.

"더블유! 아이! 엠! 피! 윔프! 무기력한 사람! 겁쟁이! 지루한 녀석! 유행에 뒤진 얼간이!"

잠시 뒤.

"더블유! 아이! 엠! 피! 와이! 윔피! 뽀빠이의 친구! 언제나 햄버거를 먹는다!"

롤러코스터에서 내린 뒤에 나는 그를 매점으로 데리고 가서 햄버거를 사주었다. 그는 윔피처럼 맛있게 햄버거를 먹었다. 마침 나는 새로 나온 내 소설책을 한 권 갖고 있었다. 헤어지면서 그 책을 까마귀에게 주었다.

여러 달 지나 까마귀에게서 편지가 날아왔다. 출판사에 물어 주소를 알아낸 모양이었다.

친구여, 나와 기쁨을 함께해 다오! 드디어 사전을 다 외웠다. 지금 내 머리 속엔 30만 개의 영어 단어가 빼곡이 입력돼 있다. 요즘 나는 아주 행복한 기분으로 차분히 새로운 일을 준비하고 있다.

초등학교 3학년 때 선생님은 수업 중에 말씀하셨다.

"인생은 짧다. 한 우물을 파라. 여러 우물을 팔 욕심을 품다 간 오래지 않아 목이 타서 말라죽을 것이다."

그날 나는 집으로 돌아가는 대로 삽을 들고 뒷마당으로 갔다. 땀을 뻘뻘 흘리며 한참 우물을 파는데 누군가 내 뒤통수를 툭 쳤다. 돌아보니 아버지였다.

"이놈아, 이 더운 날 졸도하고 싶어서 환장했냐? 대체 무얼 하는 거냐?"

자초지종을 듣고 난 아버지는 허허허허 웃으셨다.

"네가 선생님 말씀을 단단히 오해했구나. 공부면 공부, 운동이면 운동. 적성에 맞는 일을 찾아서 열심히 파고들면 언젠가는 좋은 성과가 있을 거라는 얘기를 하셨던 거야."

이듬해 나는 생전 처음으로 영어사전을 접했다. 삼촌이 군대 가면서 선물로 준 것이었다. 심심풀이로 단어를 하나둘 외우기 시작했다. 그러다가 뜻밖에도 나에게 영어 단어 외우는 일에 소질이 있다는 걸 깨달았다. 한번 본 단어는 아무리 많은 날이 흘러도 절대로 잊는 일이 없었다.

'좋다. 한번 가는 데까지 가보자. 끝까지 이 우물을 파보자!'

지금 나는 두툼한 독일어사전과 이태리어사전을 앞에 놓고 앉아 있다. 요즘 행복한 고민을 하는 중이다. 어느 걸 먼저 외워버릴까? 같은 언어에서 파생된 것이니 빠르면 둘 다 이십 년 안에 외울 수 있을 것 같다.

먼젓번에 네가 준 소설 잘 읽었다. 촌평을 하자면 뭐가 될 듯 될 듯하면서도 왠지 미흡하다는 느낌이다. 며칠 전엔 어느 잡지에서 네가 쓴 에세이도 읽어보았다. 소설 쓰는 일에서 이따금 회의를 느낄 때가 있다고 그랬지? 고작 네댓 해 그 일을 해놓곤 벌써 회의를 느낀다느니 어쩌고 하는 거 보면, 너는 아직 소설에 덜 미쳤다는 느낌이 드는구나. 좀더 미쳐서 분발하기를 바라며 이만 총총. 어디에 있든 늘 너를 지켜볼 까마귀.

【 풍선껌 부는 방법 】

점심을 먹고 작업실을 나서 면사무소 건너편에 있는 농협 공판
장에 들렀다. 통조림과 주스를 사고 껌도 한 통 샀다. 원래 내가
좋아하는 껌은 노란색 포장의 '주시 프레시'(주스가 들어 있는 신
선한 껌!)인데, 내 손이 집어 든 것은 은단 껌이었다. 그 껌을 씹
으면 담배를 덜 태우게 될 것 같아서였다. 껌을 씹으며 차를 몰고
작업실로 돌아오는 동안 줄곧 껌 생각을 했다.

단물이 다 빠진 껌을 여전히 질겅질겅 씹으면서, 가스난로 불
을 켜고 멍하니 앉아 있자니 불현듯 의문이 스친다.

'노인들도 껌을 씹나? 지금껏 풍선껌 씹는 노인을 본 적이 있
던가?'

고개를 갸웃대다간 곧 끄덕거린다. 노인들이 껌을 즐기지 않는
건 다 그만한 이유가 있다는 느낌이 든다. 우선 치아가 좋지 않으
며, 멋진 풍선을 만들기엔 폐활량이 모자라며, 틀니에 껌이 들러

붙어 곤란을 겪을 우려가 있다.

그리고 껌 씹는 데 중요한 역할을 하는 하악골, 즉 아래턱뼈가 약하다. 노인 가운데 권투 선수가 없는 건 이런 이유에서이다. 어퍼컷을 한 대 얻어맞는 찰나, 가뜩이나 약한 턱뼈가 그대로 쩍 갈라지거나 잘게 부서질 위험이 있다. 노인들은 아무리 우스워도 입을 한껏 벌리고 웃지 말라고 했다. "하하하하!" 하다가 갑자기 "헉!" 소리를 내곤 병원으로 실려 갈 수 있다. "헉!" 소리는 턱뼈가 통째로 빠지는 순간 놀라서 내는 신음이다.

그렇다고 모든 젊은이가 껌 씹는 걸 즐기는 건 아니다. 내가 아는 사람 가운데 벽돌을 씹으면 씹었지 껌은 절대로 씹지 않는다고 말하는 이가 제법 많다. 껌 씹는 모습이 별로 좋아 보이질 않는다는 것이다. 품위가 떨어져 보인다는 건데, 하긴 짝짝 소리내며 껌 씹는 사람을 보면 누구라도 정나미 떨어지지 않을 도리가 없을 것이다.

하지만 그들도 남들이 보지 않는 곳에선 껌을 씹을지 모른다. 즉시 입속이 향긋해지고 졸음이 사라지고 머리 회전이 빨라지며 무료함을 달랠 수 있기 때문이다. 이 점에선 오징어 씹는 일 또한 비슷한 효과가 있다. 불현듯 동해 바다의 파도 소리가 그리워질지는 몰라도 결코 입속이 향긋해지는 일은 벌어지지 않는다는 것만 빼고.

인터넷에 들어가 검색해 보니 '풍선껌으로 멋진 풍선을 만드는 방법'이 나와 있다. 어지간히 사는 게 심심한 듯한 어느 미국인이 영어로 올린 것이다. 중요한 것만 옮겨보면 이러하다. 먼저 가장 좋은 상표의 껌을 골라라. 볼이 터질 정도까지는 아니더라도 가급적 한꺼번에 많은 양의 껌을 씹어라. 껌을 한참 씹어서 단물을 다 없애라. 껌 전체의 밀도를 일정하게 유지하라. 풍선을 불 때 앞으로 혀를 쑥 내밀어라. 풍선 속에 골고루 바람을 불어넣어라.

여러 면에서 고무풍선 잘 부는 방법과 비슷하다. 좀더 재미있고 유익한 방향에서 풍선껌 씹는 방법도 소개되어 있다. 수박이나 참외나 포도를 준비한 뒤에 풍선껌을 씹는다. 단물이 다 빠져 나가서 풍선 불기에 딱 좋은 농도와 밀도가 되었을 때, 껌을 한데 뭉쳐 어금니 쪽으로 밀어낸다.

뒤이어 과일을 먹는다. 씨는 버리지 말고 혀 위에 잘 모아놓는다. 자, 이제 풍선을 불 차례이다. 서서히 멋진 풍선이 만들어진다. 조심스럽게 바람을 잘 불어넣어야 한다. 씨앗들이 바람에 쓸려 풍선 속으로 들어가 버려선 곤란하다. 이윽고 풍선은 어린애 머리만하게 부풀어 오른다. 급기야 풍선이 막 터지려 한다.

바로 이때가 중요하다. 풍선이 터지는 순간, 힘껏 입속의 씨앗들을 풍선 속으로 불어 날려라. 여러분을 지켜보던 이들은 풍선이 터져서 여러분의 얼굴 전체에 찰싹 달라붙는 걸 보게 된다. 직후에 여러분의 입에서 갑자기 과일 씨앗이 쏟아져 나와서, 허공을 날아와 자신의 얼굴을 따갑게 때리는 걸 경험하게 될 것이다.

과일 먹는 즐거움을 배가시키고 풍선껌 부는 것도 즐기고 다른 사람들을 깜짝 놀라게 만드는 쾌감을 맛볼 수 있다면, 한 번의 돌팔매질로 세 마리 토끼를 잡는 격이라 말할 수 있다(미국인들도 돌팔매질을 하는구나!). 상대가 여러분이 별로 좋아하지 않는 사람일 경우에 기쁨은 한층 커질 것이다. 비좁은 지하철에서 다리를 꼬고 앉은 사람, 여러분이 매표원으로 일하는 공연장 매표소에서 "어이, 표 두 장만 주라" 하고 반말하는 사람을 목표로 삼아라. 풍선을 터뜨리는 것과 동시에 그의 얼굴에다가 냅다 씨앗을 뱉어라.

풍선껌 씹는 걸 즐기는 두 번째 방법은 껌이 한 개밖에 없지만 여러분과 여러분의 애인 모두가 풍선을 불고 싶어질 때 써먹으면 좋다. 먼저 둘 중의 하나가 껌을 씹는다. 치아와 턱이 보다 튼튼한 사람이 씹는 게 좋다. 풍선을 불기 전까지의 시간을 줄일 수 있기 때문이다.

자, 준비가 다 되었으면 껌을 길쭉한 막대 모양으로 만든다. 두 사람이 앞을 바라보고 서로 입술을 절반쯤 댄 상태에서 그 껌을 절반씩 입에 문다. 그 상태로 호흡을 잘 맞춰가면서 풍선껌을 불기 시작한다. 두 사람의 입술이 만나서 하나의 구멍을 만들어, 그 구멍으로 바람을 불어넣어 한 개의 풍선을 만드는 것이다.

왠지 잘 안 될 것 같다고? 젊은이여, 실패는 성공의 어머니라고 했다. 몇 번 하다가 보면 반드시 성공의 기쁨을 맛보는 순간이 올 것이다. 그리고 뜻대로 풍선이 만들어지지 않았다고 하더라도 크게 손해 보는 일은 없을 것이다. 새로운 방식의 입맞춤을 통해 둘 사이의 애정이 풍선처럼 한껏 부풀어 오르는 소득을 올리게 될지언정.

그 글을 올린 이는 마지막으로 서비스 차원에서 한 가지 방법을 더 일러준다. 껌으로 풍선을 만들어 하늘로 날려 올리고 싶은 이들을 위한 방법이다. 풍선 속에 불어넣는 바람을 당신의 허파가 아니라 외부에서 공급하는 것이다. 입에 가는 호스를 문 상태에서 풍선을 불어도 되고, 풍선을 어느 정도 크기로 분 뒤에 주사기로 풍선에 바람을 넣어도 무방하다.

이 바람의 정체는 공기보다 가벼운 기체이다. 가령 수소 같은 걸 이용하는 것이다. 주의할 점은 풍선을 부는 도중에 그 기체를 마시는 일이 없어야 한다는 것이다. 만일 그랬다가는 풍선이 아니라 여러분의 몸이 허공으로 붕 떠오르는 일이 벌어질 수도 있다. 하늘 높이 올라가서 덜덜 떨며 나를 원망하지 말고 몸조심하기 바란다.

【 황야의 무법자 】

초등학교 오학년 때 나는 한동안 말 더듬는 증상에 시달렸다. 내 입에서 나오는 말이 내 마음을 얼마나 정확하게 반영하는지에 대해 너무 깊이 생각하다가 어느 날 별안간 그런 증상이 나타났다. 그래서 매사에 자신감을 잃고 사람들을 피하는 우울한 어린이가 되었다.

입이 좌우로 쭉 찢어진 모습이 꼭 닮아서 별명이 '메기'인 급우가 있었다. 메기는 나한테 말 더듬는 증상이 나타난 직후부터 나를 괴롭혔다. 쉬는 시간과 점심 시간마다 주위를 빙빙 돌며 내가 말 더듬는 걸 흉내냈다(경고: 절대로 아래 문장을 입으로 소리 내서 발음하지 말기 바람. 이유는 뒤에서 자연스럽게 알게 될 것이다).

"야, 벼, 벼, 벼, 벼, 병신아. 야, 야, 야, 약오르지롱? 바, 바, 바, 바보야. 마, 마, 말도 제, 제, 제대로 모, 모, 못하는, 버, 버, 벙어

아이들의 의자를 똑같게 만든 건, 서로 차별하지 말고 사이좋게 지내라는 뜻에서이다.
졸업할 때 아이들에게 자신이 앉던 의자를 선물로 주면 좋겠다.
두고두고 그 시절을 돌아볼 수 있도록.

리 자, 자, 자슥아.”

메기는 그다지 성격이 나쁜 아이가 아니었다. 공부는 썩 잘하지 못했지만 다른 아이들과 사이좋게 지냈고, 달리기와 제기차기를 잘해 인기가 높았다. 그런데 나만 보면 동태 같은 얼굴에 금세 화색이 돌고 눈빛이 또렷해지면서, 메기입을 한껏 벌리고 히죽거리며 달려들었다.

늦봄에 나를 놀려대기 시작한 메기는 여름방학에 들어갈 때까지 나를 놀려먹었다. 잠시 휴식을 취한 메기는 개학식 날 양팔을 활짝 펼치고 달려왔다.

“바, 바, 반갑다. 너, 너, 너, 너를 못 보니까 사, 사, 살맛이 아, 아, 안 나서, 바, 바, 바, 밥도 아, 아, 안, 너, 너, 너, 넘어가더라!”

가을이 가고 겨울이 가는 동안 나는 줄곧 속으로 기도했다. 내년에는 메기와 같은 반이 되는 일이 없게 해달라고. 해가 바뀌었을 때 하느님께선 내 기도를 들어주셨을 뿐 아니라 말 더듬는 증상도 사라지게 해주셨다.

내가 길에서 우연히 메기를 다시 만난 건 이십대에 들어선 이맘때 겨울날이었다. 원수는 외나무다리에서 만난다는데, 오가는 사람이 없는 길 한복판에서 단둘이 맞닥뜨렸다. 서부 영화 〈황야의 무법자〉의 휘파람 소리를 닮은 바람 소리가 들려오는 을씨년스러운 날씨였다. 그런데 진짜 미운 정이라는 게 있는 건지 나는 녀석이 꽤나 반갑게 여겨졌다. 내가 먼저 다가가서 메기한테 악수를 청했다.

"그 동안 잘 지냈니? 부모님은 두 분 다 건강하시고?"

메기는 말없이 고개를 끄덕거리며 뒤통수를 벅벅 긁었다. 한참 뜸을 들이던 메기는 입술을 약간 떨더니 힘겹게 말문을 열었다.

"너, 너, 너, 너한테, 미, 미, 미, 미안하다. 그, 그, 그, 그때, 너, 너, 너한테, 왜, 왜, 왜, 왜, 왜, 왜, 그랬는지, 모, 모, 모, 모, 모르겠다."

나는 그저 놀랍고 당혹스러울 뿐이었다. 녀석은 나를 놀려대다가 저도 모르는 사이에 실제로 말 더듬는 버릇이 생긴 것이었다. 게다가 증세가 보통 심하지 않았다. 파리한 얼굴에 어깨를 잔뜩 오그린 메기는 내 얼굴을 제대로 바라보지 못했다.

가련한 메기, 지금은 어디서 무얼 하며 살고 있는지. 지금도 그때처럼 여전히 말을 더듬는지.

【 우람한 팔뚝 】

해거름부터 퍼붓는 함박눈을 맞으며 밤늦게까지 바깥일을 보았다. 돌아오는 길에 집 근처 생맥주집에 들렀다. 어두운 골목으로 터져 나오는 불빛이 따뜻하고 아늑해 보였고, 무엇보다 갈증이 나서 입술이 바짝 타들어갔다. 시간이 늦었고 해서 딱 한 잔만 마시기로 했다.

마른행주로 유리잔 물기를 닦던 주인여자가 나에게 턱짓으로 유일하게 깨끗이 치워진 탁자를 가리켜 보였다. 다른 두 곳 탁자엔 손님들이 앉아 있었고, 세 군데 탁자엔 술잔과 닭 뼈와 팝콘과 휴지가 어지럽게 널려 있었다.

티브이를 보며 맥주를 마시는데 주방 옆 화장실 문이 열리면서 한 사내가 걸어 나왔다. 매서운 눈으로 돌아보는 주인여자를 외면하고 실내를 휘 둘러본 사내는 곧장 내게 다가왔다.

"잠깐 실례해도 되겠습니까?"

내가 엉겁결에 고개를 끄덕이자 사내는 "고맙습니다, 정말 고
마워요" 하고 중얼거리며 맞은쪽 의자에 궁둥이를 붙였다. 뒤이
어 옆 탁자로 손을 뻗어서 생맥주 잔 하나를 들어 자기 앞에 갖
다 놓았다. 술잔엔 김이 다 빠져 나간 맥주가 삼분의 일쯤 들어
있었다.

"일평생 한 여자만을 사랑할 자신이 있으십니까?"

사내가 느닷없이 그렇게 물었을 때 나는 하마터면 웃음을 터뜨
릴 뻔했다. 낯선 사람한테 엉뚱한 질문을 던지는 것도 그렇거니
와, 그 순간 사내의 코에서 맑은 물이 두 줄기 주르르 흘러내렸기
때문이었다. 사내는 감기를 앓고 있었다. 나는 팔짱을 끼고 뒤로
윗몸을 젖히며 잠자코 그의 얘기를 들어주었다.

지금부터 열다섯 해 전 겨울에 한 여자를 만났습니다. 그때 저
는 사법고시를 준비하는 늙은 고학생이었지요. 그 여자는 하루에
한 번씩 독서실로 저를 찾아와서, 따뜻한 밥과 영양가 높은 반찬
을 듬뿍 담은 도시락을 놓고 갔습니다.

매번 도시락을 맛있게 먹으면서도 저는 그녀를 지극히 무심하
게 대했습니다. 제겐 야망이 있었습니다. 오랜 가난과 외로움에
서 벗어나서, 온 세상이 내려다보이는 대궐 같은 집에서 아름답
고 고상한 여자와 결혼하여 사는 꿈 말입니다.

그런데 그 여자는 저의 이상형하고는 거리가 멀었습니다. 음식
만드는 솜씨가 뛰어나다는 사실 이외엔 전혀 매력을 엿볼 수 없
었지요. 레슬러처럼 덩치가 크다는 점도 치명적인 결함으로 비쳤

습니다. 실제로 두어 해 김일 도장에서 프로레슬러 생활을 했다
고 들었습니다. 서울 장안평에 그 도장이 있었다는데, 김일 관장
한테서 특별히 박치기 기술을 개인 지도 받았다고 합니다.

그러던 어느 날, 다시 나타난 여자는 책상에 도시락을 내려놓
곤 쭈뼛대더군요. 무언가 할 말이 있는 눈치였습니다. 저는 계속
책을 열심히 읽는 척하며 곁눈으로 여자의 움직임을 살폈습니다.
여자는 앞으로 두 손을 맞잡고 가늘게 온몸을 떨고 있었습니다.

연민! 그것은 제가 이 세상에서 가장 싫어하는 단어였습니다.
저는 그때껏 살아오면서 한 번도 연민 앞에 굴복한 적이 없었습
니다. 누구보다도 냉혹하고 무정한 사람이었던 겁니다. 당장 여
자에게 버럭 화를 내면서, '동정심을 불러일으켜 내 마음을 움직
이려는 거라면 사람을 단단히 잘못 본 거예요. 다시는 찾아오지
말아요' 하고 외치고 싶었습니다.

여자는 결국 아무 말도 못하고 돌아서서 제 곁을 떠나갔습니
다. 그때 저는 고개를 돌려 그녀의 뒷모습을 힐끗 바라보았습니
다. 축 처진 어깨, 질질 끌리는 발걸음, 푹 숙인 머리. 그녀가 문을
열고 사라진 뒤에, 잠시 생각에 잠겼던 저는 자리를 박차고 일어
나 창가로 달려갔습니다. 햇빛 가리개를 젖히자 거리가 내려다보
였습니다.

여자는 막 독서실 건물을 나서 길을 건너고 있었지요. 두 손바
닥에 얼굴을 묻고 비틀거리는 걸음이었는데요, 마치 그녀가 훌쩍
거리는 소리가 들리는 느낌이었어요. 직후에 승용차 한 대가 끼
익 소리를 내며 아슬아슬하게 그녀 곁에서 멈춰 섰습니다. 운전

사가 창밖으로 머리를 내밀고 욕설을 퍼붓더군요.

　바로 그 순간 제 가슴속에서 놀라운 일이 벌어졌습니다. 느닷없이 연민이 폭포처럼 솟구치면서 벅찬 감정으로 가슴이 터질 듯했습니다. 저는 두 주먹을 굳게 쥐며 맹세했습니다. 앞으로 영원토록 저 여자만을 사랑하자. 수호신처럼 늘 붙어 지내며 저 여자를 지켜주자!

　목이 바짝 타들어간 사내는 말을 멈추고 생맥주 잔을 번쩍 들었다. 남은 술을 단숨에 마시고 씽긋 웃어 보였다.

　"지금 저는 그 여자하고 행복하게 살고 있습니다. 제가 이 세상에서 사랑하는 유일한 여자이지요. 지난 세월 손톱만큼도 아내를 힘들게 한 적이 없다고 확신합니다. 아내는 제 품에서 늘 왕비처럼 편히 쉬면서, 주로 수를 놓거나 피아노를 치거나 꽃을 가꾸며 살고 있습니다."

　시간은 어느덧 열한 시 반이 넘었고, 다른 손님들은 이미 모조리 자리를 떴다. 내가 사내와 마주앉은 탁자를 뺀 나머지 모든 탁자엔 쓰레기가 산더미처럼 쌓여 있었다.

　나는 사내에게 양해를 구하고 일어나서 화장실에 갔다. 일을 보고 돌아 나왔을 때, 사내는 그 자리에 없었다. 음식이 드나드는 작은 창으로 주방이 들여다보였다. 그곳에 주인여자와 그 사내가 있었다. 왕년에 프로레슬러였다는 여자는 우람한 팔뚝으로 사내의 머리와 목을 감아 쥐고 어금니를 악문 목소리를 내고 있었다. 머리에 자물쇠를 채운다는 무시무시한 의미를 지닌 헤드록과 비

슷한 자세였다.

"이 등신아, 또 손님한테 그런 헛소리 늘어놓을래? 그때그때 탁자를 치워야 새로 손님을 받을 수 있을 거 아니야! 생맥주 한 잔 시켜놓고 홀짝거리는 저런 말라비틀어진 자린고비도 손님이라고 상대하고 앉아 있는 거야?"

나는 재빨리 내가 앉았던 자리의 탁자 위에 술값을 내려놓고, 걸음아 나 살려라 하고 생맥주집을 빠져 나가서 꽁꽁 얼어붙은 밤 골목을 달렸다.

【 겨울 사냥 】

작업실에서 걸어서 이십여 분 거리에 코앞으로 강물이 흐르는
식당이 있다. 강 이름을 따서 식당 이름도 '남한강'이다. 식당
주인 임씨 아저씨는 요즘 신바람 났다. 첫눈이 내렸기 때문이다.
이제부터 본격적으로 겨울 사냥에 들어갈 수 있게 되었기 때문
이다.

"겨울엔 다른 계절보다 먹을 게 더 많아."

"설마 그럴 리 있겠어요? 눈에 덮여서 온통 꽁꽁 얼어붙을 텐
데요."

가을에 도토리 줍다가 독사한테 물려 입원까지 해가며 단단히
고생한 오른손을 들어 세차게 흔들며 도리질하신다.

"게으르니까 배고프다는 소리를 하는 거지. 아무 때나 놀러 와.
고기 배불리 먹게 해줄게."

부인께 물어보니 고개를 끄덕거리신다. 너무 잡아들여서 모두

처치하기 곤란할 정도이니 그게 불만이란다. 그럼 이제부터 임씨 아저씨의 한겨울 식량 장만 방법을 간단한 것 몇 가지만 배워 보자.

첫째, 겨울 야밤의 낭만적인 드라이브를 겸한 고기 줍기. 이 작업엔 빈 쌀자루와 손전등과 스프레이가 필요하다. 물론 드라이브를 해야 하니 트럭도 있어야 한다. 새벽 한두 시경에 트럭을 몰고 강변도로로 올라선다. 달리는 속도는 시속 오 킬로미터. 라이트를 켜고 운전대를 꽉 쥐고 앞으로 윗몸을 한껏 기울인 자세로 살살 트럭을 몰면서, 눈 덮인 길 위를 뚫어지게 바라본다.

이른바 '브레이크 스키딩 마크'라는 걸 찾아야 한다. 차를 몰고 달리다가 급히 브레이크를 밟았을 때 바퀴가 미끄러지며 내는 자국 말이다. 그런 자국을 발견하자마자 트럭을 세우고 내린다. 손전등으로 잘 살피면, 무언가 차에 치여 길옆으로 날아가면서 남긴 자국이 보인다. 그 자국을 따라가면 길가 도랑에 뒹구는 짐승을 볼 수 있다. 숨이 넘어간 놈도 있고 아직 살아서 버둥대는 놈도 있다. 그걸 쌀자루에 담는다.

겨울 산엔 짐승들이 마실 물이 없다. 냇물은 얼어붙었고 산 전체가 눈밭이다. 짐승들은 눈을 녹이면 물이 된다는 걸 모른다. 물론 그걸 안다고 해도 버너와 냄비가 없으니 눈으로 물을 만들 길이 없다. 그래서 차가 덜 다니는 야밤에 일제히 산에서 내려와 강변도로를 건너 강물을 마시러 간다. 겁쟁이와 게으름뱅이들을 빼고 모두가 하루에 한 번은 꼭 그런 의식을 치른다.

그 과정에서 도로를 달리는 차에 치여 사고를 당하는 녀석들을 주워 오는 것이 임씨 아저씨가 겨우내 밤마다 하는 일이다. 토끼가 대부분이고 노루도 있으며 간혹 가다가 운 좋은 날엔 멧돼지도 손에 넣을 수 있다. 오소리, 너구리처럼 약으로 쓰거나 방석을 만들어 궁둥이를 따뜻하게 만드는 데 쓸 수 있는 녀석들도 있다. 곰이나 호랑이는 기대하지 않는 게 좋다. 한때는 그런 것들도 있었다고 들었다.

준비물 중에 스프레이가 있는데 그건 어디 쓰냐고? 좋은 질문이다. 나중에 자국을 보고 다시 점검하는 일이 없도록, 일단 짐승을 거두어들인 길 위에 그걸 뿌려놓는 것이다. 계속 눈이 내리고 있을 경우엔 스프레이 자국이 지워질 것이므로 길가 나무줄기에도 뿌린다. 야광 스프레이가 있다면 더 바랄 게 없다.

두 번째, 낡은 군화를 이용한 꿩 사냥. 군화는 영어로 워커라고 하는데, 워커짝이라고 부르면 묘하게도 그 물건을 한결 정확하게 칭하는 소리로 들린다. 어쨌든 이 사냥 방법엔 워커짝이 필요하다. 시골 쓰레기장을 막대기로 뒤지면 잔뜩 흙이 묻은 너덜너덜한 워커짝 한 개쯤은 쉽게 찾아낼 수 있다. 농부들은 워커짝을 좋아한다!

미리 시장에 가서 쥐덫을 사다 놓는다. 손바닥만하게 생긴 쇠로 만든 쥐덫은 값이 천 원밖에 안 한다. 기왕 시장까지 간 김에 서너 개쯤 사는 게 좋다. 쇠줄로 만든 올가미로 짐승을 잡는 건 불법이며 벌금이 엄청나다. 원칙과 법을 중시하는 경관한테 잘못 걸리면 콩밥 먹으며 따끈따끈한 아랫목을 그리면서 눈물을 찔끔거리는 일이 생길 수 있다. 그러니 아예 집에 올가미 비슷한 것도 갖다 놓지 말기 바란다.

눈 덮인 산으로 올라가서 쥐덫을 놓고 눈으로 살짝 덮어놓고 그 위에 콩알을 몇 개 놓는다. 바쁜 사람은 집에 다녀와도 되고, 한가한 사람은 멀찍이 밭고랑으로 물러나 담배를 태우며 설경을 감상하라. 어느 순간 푸드덕 소리가 들린다. 꿩이 쥐덫에 걸린 것이다. 아하, 한 가지 빼먹을 뻔했다. 쥐덫에다가 느슨하게 서너 뼘 길이의 끈을 달아서 거기에 워커짝을 묶어놓아야 한다.

꿩은 쥐덫에 다리가 걸린 채로 놀라서 훌쩍 날아오른다. 다음 순간 워커짝 무게 때문에 도로 바닥에 내려오며 고개를 갸웃거린다. 잠시 뒤에 다시 비상을 시도하고, 또 추락하고, 그러기를 얼마간 되풀이하던 꿩은 지칠 대로 지쳐 눈 위에 모로 눕는다. 그걸로 사냥은 끝이다.

꿩은 가을날 농부들이 애써 가꾼 곡식을 마구 쪼아 먹은 대가를 겨울에 뒤늦게 치르는 것이다. 위에서 얘기한 멧돼지와 오소리와 너구리도 마찬가지이다. 조금도 미안해하거나 불쌍하게 여길 필요가 없다. 그 녀석들의 뱃속으로 사라진 곡식을 되찾아오는 것이니까.

옛날에도 우리 조상들은 이런 방법으로 꿩을 잡았다. 『장끼전』에서 읽은 기억이 있다. 요즘과 다른 점이 있다면 꿩을 잡아서 비닐 쌀자루가 아니라 짚으로 만든 망태기에 넣었다는 것, 그리고 워커짝 대신에 짚신을 썼다는 것이다(짚신도 짚새기 또는 짚신짝이라고 말해야 한층 실감 난다).

워커짝이 이 땅에 들어온 건 신식 군대가 생긴 구한말 이후이

충주호가 수몰되기 전에 집과 함께 옮겨놓은 망태기들.
주인 없는 쓸쓸한 집에서 텅 빈 망태기들은 그리워한다.
한때 자신이 담았던 곡식과 채소와 고기, 가난해도 마음 넉넉했던 시절을.

다. 한때 나는 육이오 전쟁 때 처음 워커짝이 들어온 줄 알았다. 당시에 한동안 연합군을 지휘한 장군 이름이 워커짝, 아니 워커이다. 내 고향 암사동 강둑에 올라서면 한강 건너로 아차산 워커힐이 보이는데, 바로 그 장군의 무공을 기리고자 붙인 언덕 이름이란다.

토끼 사냥 역시 쥐덫을 사용하지만 꿩 사냥과 중요한 차이가 있다. 쥐덫을 아끼지 말고 서너 개쯤 줄지어 놓아야 한다는 사실이다. 눈 덮인 곳에서 토끼가 뛰는 동작을 나타내는 의성어는? 훌쩍. 성큼성큼. 깡충깡충. 부우웅. 다 틀렸다. 정답은 '폴짝'이다.

겨울철에 눈 속에 발목까지 빠진 상태에서 토끼는 힘겹게 폴짝 뛴다. 맨 앞 쥐덫 위에 놓인 콩을 먹은 뒤에, 토끼는 그 자리를 뜨고자 폴짝 도약한다. 한 번 뛰어서 이르는 거리는 두 뼘을 넘지 않는다. 바로 그 지점에서 두 번째나 세 번째 쥐덫이 입을 쩍 벌리고 토끼를 기다린다. 요놈! 털컥! 그걸로 토끼 사냥도 끝이다.

꽤 많은 눈이 지금 창밖으로 쏟아지고 있다. 올해 두 번째로 오는 눈치고는 폭설에 가깝다. 배에서 꼬르륵 나는 소리를 들으면서, "저 눈송이들이 모두 찐빵이라면 얼마나 좋을까?" 하고 중얼거리던 나의 어린 시절 겨울날이 떠오른다. 지금껏 세상을 살아오는 중에 밥을 굶은 날이 밥 먹은 날보다 많았다는 임씨 아저씨도 지금 식당 창가에 다가서서 저 눈을 바라보고 계실 것이다. 열 손가락 모두 근질거리면서 꽤나 가슴이 두근거리실 것이다.

【 치한들이 두려워하는 것 】

가까운 후배가 겪은 일이라며 나희덕 시인이 들려준 이야기인데, 제목을 달자면 '치한을 물리치는 방법' 정도가 되겠다. 부드러운 외모와 달리 여간 당차고 야무지지 않은 나희덕과 인물 성격에서 비슷한 점이 많아서 혹시 자기 얘기를 한 게 아닌가 여겨지기도 한다.

기억이 정확하지 않지만 그 후배의 이름을 김영미라고 붙여보자. 한때 대학로 출판사에서 일했던 귀엽고 착한 아가씨, 지금은 시집가서 깨가 쏟아지게 잘살고 있다고 들은 아가씨와 이름이 같으나 전혀 다른 사람이다. 젊은 여성 독자들의 경우에, 앞으로 살아가는 중에 한 번쯤은 치한한테 뜻하지 않은 봉변을 당할 수도 있으니 그때 꼭 이 방법을 써먹기 바란다. 내 나름대로 약간 살을 붙여 각색한 이 이야기는 이러하다.

스물다섯 살 난 김영미는 '바보'라는 단어를 좋아한다. 어렸을

때 보았던 어느 바보에 관한 기억 때문이다. 그 시절에 영미네 큰
집엔 체구와 나이는 다 큰 어른인데 말하는 거나 행동하는 건 네
댓 살짜리 꼬마 같은 일꾼이 있었다. 모두 그를 '덜렁이'라고 불
렀다. 성격이 침착하지 못하고 덤벙거려 자주 실수를 저지르는
사람을 덜렁이라고 말한다. 하지만 영미가 보기에 큰집 일꾼 덜
렁이는 무슨 일을 해도 열심이어서 늘 동네 어른들한테 사랑을
받았다.

영미와 같은 또래 아이들은 그가 나타났다 하면 혀를 내밀고
놀리며 난리를 쳐댔다. 한번은 지게를 지고 나무하러 가는 길에
어떤 아이가 던진 돌멩이에 이마를 정통으로 얻어맞았다. 금세
큼지막한 혹이 생겼다. 그러나 바보 덜렁이는 아무 일 없었다는
듯이 씩 웃고 가던 길을 재촉했다.

최근에 영미는 회사에서 월차 휴가를 내서 바람을 쐬러 계룡산
에 놀러 갔다. '여자 혼자서 이런 계절에 무슨 재미로 산에 가
지?' 하고 의아해하는 사람이 있을지 모르겠지만, 영미는 학교
다닐 때부터 사시사철 홀로 산에 가는 걸 좋아했다. 조용히 산길
을 걷다 보면 머리 속이 깨끗해지면서 그렇게 기분이 상쾌할 수
없다는 것이었다.

작은 배낭을 메고 집을 나선 영미는 점심때쯤 동학사 쪽 등산
로 입구에 도착했다. 한겨울인데도 눈부신 햇살이 쏟아져 내려서
봄날처럼 푸근한 날씨였다. 어느새 등산을 마치고 내려오는 사람
이 두엇 보였다. 얼마만큼 콧노래를 부르며 산길을 걷던 영미는
불현듯 바보 덜렁이가 떠올랐다. 영미는 어린 시절에 큰집에 놀

러 갈 때마다 덜렁이한테 일부러 말을 걸었고, 덜렁이는 영미가 뭐라고 물으면 전혀 엉뚱한 대답을 했다.

"점심 먹었어?"

"아니, 나무는 내일 하러 갈 거야."

"나무하러 혼자 산에 가면 무섭지 않아? 뒷산엔 뱀이 많다는데."

"나 원래 헤엄치는 거 좋아해."

호젓한 산길을 올라가며 영미는 후후 하고 웃었다. 아이들이 덜렁이를 놀렸던 건 엉뚱한 답변을 잘하기 때문이었다는 느낌이 들었다.

얼마나 걸었을까. 이마에서 송골송골 땀방울이 맺히기 시작할 즈음이었다. 바위가 많이 보이고 나무 사이로 보이는 하늘이 점점 넓어지는 걸로 봐서 이미 산 중턱은 지난 듯했다. 이제는 지나쳐 가는 등산객이 전혀 없었다. 아무리 평일이라지만 어째 이상했다. 얼마 만에 영미는 자신이 등산로를 잘못 들어섰다는 걸 알아챘다. 여기저기 철조망이 보였고 길이 어디 있는지 알 수 없었다.

난감한 얼굴로 주위를 둘러보던 영미는 가슴이 덜컥 내려앉았다. 건장한 사내 셋이 저만치에서 자신을 빤히 쳐다보고 있었다. 두 사내는 잠바에 양복바지 차림이었고, 한 사내는 바바리코트 차림이었다. 모두가 구두를 신고 있었다. 등산을 즐기려고 온 이들이 아님을 대번에 알아챌 수 있었다.

그들은 제자리에 우뚝 멈추어 선 채 영미를 유심히 관찰했다.

일순간 그들의 얼굴에 음흉한 미소가 번졌다. 한 사내가 다른 사
내들을 돌아보며 속삭였다.

"잘빠졌는데? 얼굴도 반반하고."

옆 사내가 입에 문 담배를 바닥에 뱉어 구둣발로 짓이기며 말
을 받았다.

"기분도 안 그런데 오랜만에 몸 좀 풀어봐?"

잠시 뒤에 세 사내는 결심한 듯 영미를 향해 성큼성큼 걸어 내

지난 여름 홍수 때 흙이 쓸려 내려가서 나무뿌리가 다 드러났다. 떼 지어 비탈 오르는
악어처럼 보인다. 그러나 우람한 나무줄기들이 지켜보고 있으니 크게 겁낼 건 없다.

려오기 시작했다. 바로 그때였다. 느닷없이 영미의 머리 속에 동문서답의 천재 덜렁이의 얼굴이 떠올랐다. '에라 모르겠다' 하고 영미도 발걸음을 떼서 앞으로 나아갔다. 사내 하나가 앞을 막아서며 손가락으로 영미의 가슴팍을 쿡 찌르며 히죽거렸다.

"아가씨, 우리 같이 재미 좀 볼까?"

순간 영미는 최대한 멍청하고 어수룩하고 덜떨어진 사람 같은 표정을 지으면서, 발음이 분명치 않은 목소리로 대꾸했다.

"아찌, 학교에서 울 엄마 못 봤어요?"

그러자 세 사내는 무슨 얘기인지 모르겠다는 얼굴로 멈칫했다.

"학교라니 뭔 소리야?"

"아찌, 아빠하고 놀던 꽃밭에 누구 없었어요?"

영미는 눈이 풀린 멍청한 표정을 지으며 슬쩍 입속의 침을 입술 밖으로 밀어냈다. 침이 턱을 타고 주르륵 흘렀다. 사내들은 어리둥절한 얼굴로 반 발짝씩 뒤로 물러섰다.

"아빠하고 같이 왔어?"

영미가 금방 울 것처럼 낯을 일그러뜨렸다.

"산꼭대기에 학교가 있걸랑요. 울 엄마가 거기서 나를 기다리고 계시걸랑요. 빨랑 가서 심부름해야 하걸랑요. 울 엄마 엄청 무섭걸랑요."

한줄기 침이 또 발치로 떨어졌다. 세 사내는 서로 얼굴을 쳐다보더니 동시에 실소를 머금었다. 한 사내가 자신의 머리 위에서 손가락으로 동그라미를 그려 보였다.

"완전히 맛이 갔어. 젠장, 좋았다가 말았네."

사내들한테서 풀려나 다시 등산로로 들어서면서, 영미는 가슴
을 쓸어내리고 안도의 한숨을 내쉬며 속으로 속삭였다.
'덜렁아, 정말 고마워!'

【 애연가들의 소원 】

프랑스 삽화가 장 자크 상페가 그린 단편 만화에 이런 게 있다. 한 사내가 퇴근하여 길을 걸어간다. 여기저기서 담배를 태우며 행인들이 지나간다. 사내는 카페로 들어간다. 자리를 잡고 앉아 맥주를 한 잔 시킨다. 카페는 손님들이 가득하다. 정면 벽에 티브이가 붙어 있고, 한창 축구 경기가 중계되고 있다.

모든 손님이 주먹을 휘두르고 함성을 지르며 축구 경기를 구경한다. 모두 뻑뻑 담배 연기를 빨아들여 자욱하게 토해 낸다. 실내가 연기 때문에 뿌옇다. 담배를 태우지 않는 사람은 사내 하나뿐이다. 사내는 조용히 맥주를 마시고 일어난다. 다시 거리를 걸어간다. 행인들이 담배를 태우며 지나쳐 간다. 사내는 자기 집으로 들어간다.

옷을 벗고 샤워실로 들어간다. 샤워를 마치고 가운 차림으로 돌아 나온다. 거실 소파에 온몸을 묻고 최대한 편안한 자세를 취한다. 여유롭고 느긋한 표정으로 탁자 위에 놓인 갑에서 담배를 한 개비 꺼낸다. 담배를 입에 물고 천천히 불을 붙인다. 뒤이어 연기로 도넛을 만들어 허공으로 둥둥 띄우며 만면에 미소를 머금는다. 그리고 속으로 중얼거린다.

'이 기막힌 담배 맛!'

연말에 친구들이 모인 자리에서 담배에 관한 논쟁이 붙었다. 모두 스무 해 이상 매일 담배를 한 갑 넘게 피워온 애연가들이었다. 애연가들답게 사이좋게 담배를 한 대씩 불붙여 입에 물고 끝없이 연기를 피워 올리며 설전에 돌입했다.

"백해무익이라고 하는데 새해엔 꼭 끊어야겠어."

"그게 말처럼 쉬운 일이야? 양을 줄인다면 몰라도. 피우고 싶은 걸 한껏 참았다가 피우면 더 맛있다는데."

"매년 새해 초엔 담배 판매량이 급격히 줄어든다지? 새해 첫 번째 목표로 금연을 드는 사람이 많은 걸 보면 그만큼 몸에 해롭다는 얘기일 거야."

"몸에는 나쁠지 몰라도 정신 건강에 좋다는 견해도 많아."

"맞아. 긴장을 풀어주고 무료한 시간을 달래주고 외로울 때 친구가 되어주고, 또……."

"그런 건 다른 방법을 통해서도 해결할 수 있지 않나? 운동을 하거나 비디오를 빌려다 보거나, 친구하고 즐거운 화제로 전화 통화를 하거나."

"그건 시간 낭비야. 담배 한 대 피우는 데 오 분에서 십 분, 그 정도 시간이면 깨끗이 해결할 수 있는 것들이잖아."

몸에 나쁜 걸 즐기는 것도 중독이고, 약이란 약은 모조리 찾아서
입에 넣으려 드는 것도 중독이다. 어느 쪽이 더 낫다고 잘라 말하기 어렵다.
집착은 정신 장애이며, 마음의 자유를 위협한다.

"어쨌든 폐와 심장과 혈관 등등등등에 안 좋다고 매일 티브이
신문에서 떠들어대는 바람에 요즘은 여느 때보다도 담배 맛이 제
대로 안 나."

"이렇게 나쁜 거라면 애당초 왜 만들었을까?"

"이렇게까지 나쁘다는 걸 알았겠어?"

"문제는 니코틴이야. 니코틴 중독!"

"담배 만드는 놈을 다 잡아넣어야 해. 우리한테 이런 못된 걸
피우게 해서 중독에 걸리게 만들다니!"

"중독이라고 무조건 나쁜 건 아니야. 밥 중독, 물 중독, 책 중
독, 산보 중독."

"그건 또 그러네?"

"엉뚱한 소리 집어치우라구! 나는 어차피 끊을 수 없는 거라면 몸에 좋은 담배를 만들어 대체하는 길이 가장 좋다고 생각해."

"몸에 좋은 담배라면?"

"많이 피울수록 건강에 좋은 담배 말이야. 가령 인삼 성분을 듬뿍 넣은 담배, 폐 기능을 강화시키는 성분을 넣은 담배."

"니코틴을 중화시키는 성분을 넣은 담배, 수험생을 위한 기억력이 좋아지는 담배, 발기 불능 환자들을 위한 정력이 강해지는 담배, 심장을 튼튼하게 만들어주는 담배."

"종합 비타민 성분을 넣은 담배, 시인이나 예술가들을 위한 상상력이 폭발하게 만드는 담배, 술 깨는 담배, 감기 치료를 위한 담배, 수면제 성분을 넣은 담배, 무좀을 없애주는 담배, 대머리 치료 담배, 흰머리 안 나게 만드는 담배."

급기야 친구들은 흥분할 대로 흥분하여 어금니로 담배를 문 채로 마구 손뼉을 쳐대며 동시에 외쳐댔다.

"피부를 우윳빛으로 만들어주는 담배, 눈동자가 초롱초롱해지는 담배, 뱃살이 빠지는 담배, 키 크는 담배!"

"마라토너를 위한 다리 근육 강화 담배, 권투선수를 위한 펀치력 배가 담배, 배구선수를 위한 점프력을 세 배로 높여주는 담배. 여자의 마음을 단번에 사로잡는 향을 뿜는 담배, 독신자를 위한 아름다운 미녀 모습의 연기를 만들어내는 담배!"

"보물이 파묻힌 땅을 향해 연기를 쏘아대는 담배, 내일 아침에 하늘 높은 줄 모르고 치솟을 주식이 무언지 일러주는 담배. 피울수록 수명이 늘어나게 만드는 담배, 죽은 사람의 입에 물려주면 금방 되살아나게 만드는 담배!"

어느 고비를 지나자 갑자기 분위기가 시들해졌다. 모두 입을 다물고 말없이 허공을 응시했다. 하나가 새 담배를 꺼내 들고 잠자코 들여다보았다. 또 하나가 담배를 입에 물었으나 불을 붙일까 말까 망설였다. 또 하나는 탁자 위에 놓인 담배를 집어 들었다가 소리 없이 내려놓았다. 누군가 기어 들어가는 목소리로 더듬더듬 중얼거렸다.

"백해무익이라는데, 새해엔 꼭 끊어야겠는데, 누가 좀 도와주면 좋겠는데……."

【 인사하며 삽시다 】

동네를 산보하다가 사람을 만나면 무조건 내 쪽에서 먼저 인사를 한다. 아는 사람이건 생전 처음 보는 사람이건 상관없다.

"안녕하세요? 올 농사 잘되셨나요? 안녕하세요? 어디 멀리 외출하시나 보지요?"

꾸벅 고개 숙여 인사해 놓고 보니 상대가 내 막내동생뻘밖에 안 되는 경우도 있었다. 물론 코흘리개 아이들한테도 내가 먼저 인사를 건넨다.

"학교 가니?"

그러면 아이들은 일제히 이마가 땅에 쾅 닿도록 허리를 구부리고 고개 숙이며 화답한다.

"안녕하세요?"

대도시에 살 때도 나는 인사를 잘하는 편이었다. 약수터나 승강기 같은 곳에서 누군가와 단둘이 마주칠 경우엔 그대로 지나치는 일이 없었다. 괜히 서먹서먹한 얼굴로 분위기를 긴장시키고 싶지 않아서였다.

그런데 열 번 인사했을 때 서너 번 상대한테서 화답을 받기 힘들었다. 내가 잘 가는 목욕탕엔 운동 기구를 갖춘 방이 있었다. 그곳에 먼저 와서 운동하는 사람한테 인사하면 대부분 입을 꾹 다물고 고개를 까닥하고는 그만이었다. '자네가 날 아는가? 알면 얼마나 아는가?' 하고 묻는 듯한 표정이었다. 대통령이 아니라 대통령 할아버지도 거지가 인사할 때 그런 식으로 인사를 받지는 않을 것 같았다.

각각 중학생 고등학생인 앞집 두 사내아이의 경우는 이웃하여 사는 두 해 동안 내가 매번 먼저 인사를 했으며, 그 아이들이 먼저 인사한 적은 단 한 번도 없었다. 일부러 고개를 틀고 외면하기 일쑤였다. 우리 가족이 이사하는 날, 옆집 여자는 현관문을 열고 한번 내다보고는 문을 탁 닫고 다시는 얼굴을 비치지 않았다. 학교 가느라 밖으로 나온 그 집 큰아이는 나와 눈이 마주치자 홱 고개를 돌리고 쏜살같이 지나쳐 갔다.

나는 그런 식으로 이 세상을 살기는 정말 싫어서, 이곳에 온 뒤로 더욱 열심히 인사를 한다. 열 번 인사하면 예외 없이 열 번 상대한테서 화답 인사를 받는다. 그런데 화답 인사말이 대도시와 약간 차이가 있다. 오늘 새벽에 강가에 나갔다가 돌아올 때 만난 아주머니는 내가 "안녕하세요?" 하고 인사하자 걷는 속도를 늦추며 내 얼굴을 유심히 쳐다보았다.

"예. 안녕하세요? 그런데, 뉘시더라?"

"저 안쪽 마을에 사는 사람입니다."

"아, 그래요? 잘 가세요."

조금 더 걸었더니 어떤 노인이 지팡이를 짚고 절뚝거리며 잰걸음으로 다가왔다. 어디 급히 가시는 듯했다. 나는 또다시 꾸벅 고개를 숙였다.

"안녕하세요?"

노인은 발걸음을 멈추며 눈을 가늘게 뜨고 내 얼굴을 바라보았다.

"누구더라?"

"저기 저 산 밑에 있는 집에서 사는 사람입니다."

"아하, 그렇군!"

노인은 몸을 틀고 내가 걸어갈 길을 손으로 가리켜 보였다.

"어여 어여."

어서 가던 길을 계속 가라는 얘기였다. 나는 또 방긋 웃으며 고개를 숙여 보이고 노인 곁을 떠났다. 기와집 앞마당에서 사내 하나와 여자 둘이 뒷짐 지고 하품하며 두런두런 이야기를 나누고 있었다. 막 그들에게 인사하려는데, 그 집 개가 나를 보고 사납게 짖어댔다. 사내가 빗자루를 집어 들고 버럭 성내며 개한테 달려갔다.

"이놈이 갑자기 왜 짖고 난리야?"

자기 집 개가 지나가는 나그네를 놀라게 만든 걸 사과하듯이, 그는 고개를 옆으로 기울이며 멋쩍어하는 얼굴로 나를 돌아보았다.

작업실이 눈에 들어오는 곳에 이르자 이젠 인사할 사람이 하나도 보이지 않았다. 나는 올 한 해 많은 수확을 올리게 해서 주인이 함박웃음을 짓게 만든 사과나무와 논밭을 향하여 인사했다. 두 갈래로 길이 갈라지는 자리에 선 아름드리 느티나무한테도 인사했고, 얼음 속으로 졸졸졸 흐르는 냇물에게도 인사했다.

재잘대며 하늘을 날아다니는 새들에게도 인사했고, 안개를 헤치며 앞산 위로 막 떠오르는 아침 해한테도 큰 소리로 인사했다.

"안녕하세요? 간밤에 꽤 추웠는데 잘 잤어요? 오늘도 좋은 하루 되세요!"